달의
꼬리를
밟다

달의
꼬리를 밟다

초판 1쇄 인쇄 · 2024년 9월 25일
초판 1쇄 발행 · 2024년 10월 5일

지은이 · 안숙경
펴낸이 · 한봉숙
펴낸곳 · 푸른사상사

주간 · 맹문재 | 편집 · 지순이 | 교정 · 김수란, 노현정 | 마케팅 · 한정규
등록 · 1999년 7월 8일 제2−2876호
주소 · 경기도 파주시 회동길 337−16 푸른사상사
대표전화 · 031) 955−9111(2) | 팩시밀리 · 031) 955−9114
이메일 · prun21c@hanmail.net
홈페이지 · http://www.prun21c.com

ⓒ 안숙경, 2024

ISBN 979−11−308−2178−8 03810
값 18,000원

이 책은 2014년 한국문화예술위원회 아르코문학창작기금을 지원받아 발간되었습니다.

61
푸른사상
소설선

달의
꼬리를
밟다

안숙경 소설집

푸른사상
PRUNSASANG

작가의 말

어머니는 잠만 주무신다. 깨어서 밥을 한 술 뜨고 곧바로 누워버린다. 어머니와 나눴던 이야기를 또 하고 싶지만 이젠 할 수 없다. 그래도 그 와중에 농담도 조금 하신다. 방구 한 방 줄까? 이리 와봐라, 하신다. 나는 다른 별로 떠나려는 어머니를 위해 기원한다. 아주 멋진 곳, 평화로운 곳에서 행복한 새로운 삶을 시작하게 해달라고……. 그리고 조금 후에 나도 그곳으로 갈 것이니 기다리시기를…….

또 만나서 지금처럼 즐겁고 행복했으면 좋겠다. 어머니는 나를 낳아주셨고 길러주셨고 문학적인 감수성도 주셔서 늘 새로운 것들을 생각하느라 심심할 겨를이 없었다. 우린 친구였고 동료이기도 했고 자매이기도 했다. 어머니는 스승이기도 했다. 그런 어머니를 위해서 부족하지만 이 책을 드린다. 잘 쓰지는 못했지만 몰입해서 뭔가를 해냈다는 것으로, 갚음 했으면 한다. 어머니, 함께했던 시간들, 너무 좋았고 감사했습니다.

이 소설들은 좀 오래된 것들이다. 주인을 잘못 만나 이제야 세상에 나오지만 귀엽게 봐주면 좋겠다. 이 보잘것없는 책을 내는 데 많은 사람들을 괴롭혀드린 게 아닌가 하고 늦은 반성을 한다.

감사드려야 할 분들이 많다. 발문을 써주신 이원규 선생님, 과분한 칭찬에 감사 드린다. 추천사를 써주신 우찬제 선생님께도 감사를 전한다. 소설의 기초를 알려주신 윤후명 선생님께는 항상 고마운 마음뿐이다. 함께했던 문학 비단길 회원들에게 마음으로부터 감사 드린다. 부족한 글을 잘 편집하여 출간해주신 푸른사상사 편집부에도 감사를 전하고 싶다.

먼저 세상을 떠난 사랑하는 오빠. 늘 보고 싶다. 모두에게 보답하는 마음으로 이제부터 더 열심히 쓰겠다고 다짐해본다. 그게 뭘 뜻하는 건지 알기 때문에 좀 두렵지만 새로운 시작은 늘 또 다른 즐거움이기에 용기를 내어 또 써보려 한다.

2024년 가을
안숙경

달의 꼬리를 밟다

달의 꼬리를 밟다

베개의 꽃무늬가 얼굴에 새겨질 것 같다는 생각을 하면서 눈을 떴다. 얼마나 시간이 흘렀는지 모르겠다. 마냥 시간이 흘러서 내 옆구리와 발가락 사이를 스쳐 지나간다. 이 게으름이란 병은 대책이 없다. 한량없이 자고 또 자고, 먹고 또 먹고, 늘어지게 하품하면서 머리를 긁적이고 있노라면 시간이 잘도 간다. 그래도 내게 꿈이 있다면 단 한 가지, 죽을 때까지 먹고 노는 것이다. 누군 일하고 싶어서 하냐고 하면 한마디 해주고 싶다. 그만두라고 제발 그만두라고 함께 맘껏 놀아보자고.

눈을 뜨면 제일 먼저 보이는 게 갑티슈의 꽃그림이다. 나는 저것을 눈에 보이지 않는 곳에 두어야겠다고 벌써 며칠째 생각했었다. 가지에 샛노란 꽃들이 포도송이처럼 총총 달려 있는 키 작은 나무였다. 화려하지도 않았고 독특하지도 않았다. 밑에는 꽃나무의 이름과 설명이 쓰여 있다. 게느삼. 강원도 함경남도 평안남도의 산록이나 길가에 나는 낙엽관목이다. 우리나라에서만 자라는 특산식물. 개화기는 5월이고 결실기는 7~9월이다. 게느삼. 눈을 뜨기 전에 난 머릿속에 생각을 모아보았다. 게느삼이었는지, 게삼느였는지, 또 다른 이름이었는지 한 달째 쓰고 있는 티슈인데도 머리에 박히지 않는 이름이었다. 저놈의 티슈 통을 어디다가 치워야지 하면서 눈만 뜨면 이 짓을 반복한다. 내가 평생 살면서 실제로 게느삼을 보게 될지는 알 수 없는 일이다. 보게 된다고 해도 별로 반가울 것 같지도 않다. 과거 시간이 한없이 엿가락처럼 늘어지던 시절을 떠올리게 될 것이므로, 방바닥에 눌어붙어버린 것처럼 꼼짝하지 않고 하루에 하루를 보태던 추억을 어쩔 수 없이 떠올리게 될 것이다.

꼿꼿이 앉아 한쪽 다리를 들어 머리 뒤로 올린다. 몸이 많이 굳었는지 되질 않는다. 스물여덟 나이에 몸이 굳다니 말이 안 된다. 살랑살랑 불어오는 바람과 인터넷에서 불러낸 명상 음악이 있고 어디선가 개가 여우 울음소리를 내는 가운데 요가를 한다. 다리를 벌렸다가 오므렸다가 팔을 천천히 벌리고 다리 위에 올렸다가 내렸다가 한참을 해본다. 요간지 체존지 모를 동작을 반복하고 마지막 동작은 전형적인 요가 동작으로 끝낸다. 두 손을 책상다리 끝에 얹는다. 모든 제대로 배우려면 스승이 필요하다. 하지만 요가를 이렇게 흉내만 낸 것으로도 나는 흡족하다. 스스로 체득해가는 방법도 없는 것이 아니다. 그러다가 자신이 스승이 되기도 하니까. 그런 것도 못마땅하다. 조금 배웠다고 관을 세우고 스스로 스승을 자처하고 내세우는 사람들이 널린 마당에 거기에 하나 더 보탤 것이 무어냐.

난 아류가 되느니 영원히 배움을 좇는 사람이고 싶은 것이다.

여름은 끝나가고 옅은 비가 오고 있다. 밤새 세차게 내리고도 모자라는지 한낮이 되어도 그치질 않는다. 창밖엔 피뢰침이 이웃집 지붕 위로 솟아 있다. 소심한 저항 같다. 하늘을 향해 가느다란 한숨을 피워올리는 그러나 가뭇없이 사라지는 야유. 내가 책상머리에서 장난 삼아 쓰는 자기소개서처럼 말이다. 그 글의 첫마디는 '저는 귀사에 입사하고 싶지 않습니다.'로 시작한다.

저는 귀사에 입사하고 싶지 않습니다. 그럼에도 입사지원서를 내고 자기소개서를 쓰는 이유를 말씀드리면 이 세상에서 최소한 살아가려는 가련한 몸짓이라고 말해두죠. 즉 어쩔 수 없는 선택이란 말입니다. 그걸 그렇게나 듣고 싶어 하니 말을 아니 할 수 없단 말입니다. 보시다시피 난 타고난 반골인데 생존을 위해 가면을 뒤집어쓰고 살고 있습니다. 나의 불행의 시초는 바로 거기에 있답니다. 귀사의 사훈은 도전 정신 그리고 성실이라지요. 나와 정면으로 배치되는 단어입니다. 내게서 골수를 파낸다 해도 도전 정신 따위는 찾을 수 없을 겁니다. 도전하는 시늉이라도 해볼라 치면 또 의심병이 도진 사람처럼 사원들의 성실성과 충성심을 의심하면서 서로 견제하고 경쟁하도록 하겠지요. 결국 저는 조용히 나이 먹는 연습을 하면서 노후대책이란 걸 마련하겠지요. 어째서 나는 귀사에 적합한 사람이 되기를 갈망해 마지않아야 하는지 이 한심한 나의 처지에 저주를 퍼부을 수밖에 다른 도리가 없습니다. 그리고 그렇게 구태의연한 모토를 내건 수많은 기업들에 정나미가 떨어지지 않을 수가 없답니다. 뭐 이런 저라도 받아주시겠다면 기꺼운 마음으로 받아들이겠습니다!

　네트는 광대하므로 귀신처럼 익명으로 숨어들어가서 자기만족의 배설을 하는 정도야 나쁘지 않다고 생각한다. 하지만 결국 빅데이터에 꼬리를 잡혀서 도마에 오르기도 한다. 또 누군가가 나에 관한 정보를 채집한다면 모두 걸러질 일이다. 그러면 나는 정말로 채용되지 않게 된다. 영원히. 그것은 무엇을 뜻하느냐면 언제까지나 집순이로 살아야 할지 모른다는 것이다. 그렇지만 심각할 필요도 없다. 난 아주 조심할 거니까.

　어젯밤에도 백수들의 모임 사이트에 들어가 열심히 리플을 달아주었다. ID 죽쒀서개줌이 한탄을 한다. "면접에 일곱 번이나 떨어졌어요. 죽고 싶은 심정이에요. 왜 떨어졌는지 거울을 열심히 들여다보았지만 정말 알 수 없군요. 일이 하고 싶은데. 정말 하고 싶은데." 나는 그에게 가볍게 위로의 말을 해주었다. "용기를 잃지 마세염. 님은 반드시 해낼 수 있을 거예요. 님을 떨어뜨린 회사가 운이 나쁜 거지요. 밝고 힘차게 살아가세염." 그러자 숨통조임이 끝내 한마디 한다. "새대가리님 남의 말이라고 쉽게 하시는군여. 계속 여기저기 리플만 달지 말고 님이나 잘하셔."

　다들 신경이 예민해서인지 옥신각신 다툼이 일게 된다. 밤새도록 웹서핑을 했더니 실컷 자고 일어났는데도 눈알이 튀어나올 것 같다. 팔도 후들거리고 온몸이 노곤하다. 모든 의욕과 열의가 어디론가 빠져나갔는지 아무런 욕구가 생기질 않는다. 누가 뭐라 해도

화도 안 난다. 아무래도 이게 우울증인지 모르겠다.

예전의 나는 회사에 출근하기 전 거울을 보며 전투력의 배가를 외쳤다. 미간에 살짝 주름을 잡고 눈에 칼빛을 세워 누구도 내 신경을 거스르지 못하도록 미리 각본을 짜고 다녔다. 누군가가 — 그 누군가가 사장일지라도 — 부당하다고 생각되는 행동을 했을 때 나는 결코 용서하지 않았다. 말해야 할 것은 말한다는 게 내 신조였다. 그래서 말해야 할 것들을 다 말하는 바람에 직장을 몇 번 옮겨야 했지만 그게 경력이 되고 노하우가 되어 새로운 발판이 마련되기도 했다. 그런데 세상은 참 많이도 빠르게 변한다. 어제의 경력이 오늘은 정리해고의 일 순위가 되기도 하니. 물론 내가 정리해고되었다는 소리가 아니다. 내 발로 걸어 나왔으니까. 더러운 꼴 보기 전에 내가 먼저 나오는 게 정신위생에 좋을 것 같아서다.

모닝롤을 가로로 자른 반쪽에 베이컨을 노릇하게 구워 얹는다. 양상추를 한 겹 뜯어내고 오이와 볶은 양파를 베어컨 위에 쌓아 올린 후 나머지 모닝롤을 살짝 덮는다. 머스터드 레몬 소스를 발라서 한 입 베어 문 다음 뜨거운 커피를 입에 적신다. 천천히 되도록 천천히 씹고 마신다. 노트를 보니까 어제까지 지출한 돈이 삼백오십이만 원이다. 이제는 베이컨 따윈 먹을 수 없다. 노트의 가장자리 여백은 온통 숫자들로 가득하다. 나도 뭐가 뭔지 알아볼 수 없는 숫자들이 마구 휘갈겨 있다. 생활비가 얼마나 들어가는지 계산하느라 나도 정신이 없을 지경이다. 정말이지 숫자를 보기만 해도 머릿속이 하얘진다.

간단한 식사를 마치고 가볍게 명상에 잠긴다. 느림의 시간이다. 밀란 쿤데라의 소설을 옆에 두었다. 물론 읽지 않았다. 앞으로 언제 읽을지 모른다. 나는 너무 느리다 못해 게을러터졌다. 몸은 따라주지 않아도 정신만은 언제나 한 발 앞서려 한다. 항상 앞서고 싶었다. 앞서지 않으면 괴로웠다. 모두 내 발밑에 있다고 믿어야 직성이 풀렸다. 모두 지난 일이다. 나는 이제 스터디룸펜이라던가 오천원족이라던가 빨대족이라는 신조어를 접하면 뜨끔해진다. 게다가 이런저런 신조어를 익히기도 전에 신조어가 계속 생겨나 해골을 어지럽힌다. 특히 빨대족이라니. 어제도 엄마가 왔었다. 어김없이 잔소리를 들었다. 내가 신경질을 내자 엄마는 나를 억세고 드센 년이라고 했다. 내 마음속의 게살처럼 부드럽고 상처받기 쉬운 구석을 모르고 하는 말이다. 엄마를 마주치지 않으려고 애를 써도 안 된다. 완전한 독립은 없는지 그 잔소리에 주름살이 하나둘 늘 것 같다. 하지만 엄마의 도움 없이는 살 수 없을 것 같다. 엄마의 지원사격이 있어야 나의 생존은 가능하다. 한없는 자애가 있어야만 가능한 나의 추락. 엄마는 아무것도 안 하고 빈둥빈둥 놀기만 하니 부려먹기라도 해야겠다면서 월미도에 가서 수찬이를 잡아오라고 했다. 집을 나간 수찬이가 오늘 월미도 야외무대에서 공연을 한다는 소리를 누군가에게 들었다고 했다. 수찬이는 일곱 살 아래 남동생이다. 가수가 되겠다고 집을 나가서 몇 달째 들어오지 않고 있었다. 어쭙잖은 허영심에서 비롯된 일탈일 뿐이라고 말했지만 엄마의 걱정은 이

만저만이 아니었다. 새끼들이 모두 집을 나가 사람을 잡는다고 하면서 울부짖었다. 엄마의 지시를 어길 경우 보조금을 받을 수 없을지 모른다. 하지만 툭하면 울고 짜고 설움을 토해내는 통에 이제 점점 짜증이 난다. 날씨가 궂은데 야외 공연을 할지 모르겠으나 일단 가보기라도 해야 할 것 같다. 아침부터 죽 내 신경을 건드리는 게 바로 이거였구나 하고 생각하니 맥이 빠진다. 내가 회사에 다니기만 했어도 이런 심부름은 하지 않아도 될 일이었다.

일 년 전 나는 회사에서 큰 실수를 하고 말았다. 더 거슬러 올라가서 몇 달 전쯤 부장이 나를 불렀다. 유미 씨, 이제부터 다른 업무를 맡아보지. 유미 씨는 야무지게 생겼으니까 아마 잘 해낼 수 있을 거야. 이건 중요한 업무라서 아무나 맡길 수 없는 일이야. 뭐 승진이나 다름없지. 앞으로 회사를 위해 더 분발해주기 바라. 할 수 있지? 새롭게 맡은 일이 야무지게 생겼다는 이유로 내게 떨어진 건 불행의 시초였다. 생긴 것과 능력과는 아무런 상관관계가 없다고 우길 수는 없는 노릇이었다. 전 허당이거든요. 그동안 절 잘못 보신 거예요. 회사에 붙어 있기 위해 잔머리를 굴리느라 너무 피곤해요. 제발 절 그냥 내버려두면 안 되나요? 내 마음속에서 외치는 소리를 삼키고 새로운 업무를 파악해 나갔다. 숫자들이 나열된 서류 뭉치들이 책상 위에 쌓여 있고 나는 이것이 음모일지 모른다는 생각에 고개를 갸웃거릴 수밖에 없었다. 부장이 나를 내보내기 위해 꾸민 일인지도 모른다는 의심이 들었다. 나는 숫자에 약했다. 숫자를 볼 때마다 안개 속을 걸어가는 기분이었다. 도무지 명확하지 않고 짐작할 수 없는 숫자의 세계. 그동안 숨겨진 나의 콤플렉스가 조금씩 모습과 형체를 드러냈다. 부장은 함께 업무를 도와주었다. 그는 친절한 보스였다. 친절할 뿐만 아니라 유능했다. 나는 무능한 사람을 경멸하는 부류였다. 하지만 문제는 경멸하는 무능한 부류로 내가 떨어져 나가고 있다는 사실이었다. 전에 내가 했던 업무는 개편되는 과정에서 사라져버리고 말았다. 그 일은 내게 딱 맞는 일이었다. 아침 회의에 들어가기 전에 사장과 모든 임원의 자리에 안건을 정리해서 올려놓았다. 그것도 쉬운 일만은 아니었다. 회의 목차에 따라 브리핑할 사원을 찾아가 미리 자료를 건네받고 때로는 잘못된 부분을 지적해주었다. 숫자로 도배한 것들은 빼고. 아침만 분주하고 나머지 시간은 무료하고 따분한 날들이었다. 어느 순간부터 부장의 인내심이 한계에 다가가고 있다고 느끼는 감각들은 너무 선명해서 나를 괴롭혔다. 기함을 할 일이네. 부장이 소리쳤다.

"영이 하나 어디로 간 거야? 출장이라도 가버린 거야? 유미 씨, 영 어디로 보낸 거야?"

부장이 농담처럼 말했지만 나는 업무에 부적응자가 되어 있었다. 회사에 미안하지는 않았는데 부장한테는 부끄러웠다. 과감히 사표를 내고 뛰쳐나왔다. 기다렸다는 듯이 사표가 수리되었다.

돈 되는 일은 어째 거리가 멀다. 그래도 나는 나름대로 머리를 썼다. 벌지 못하면 쓰는 방법을 연구하면 된다. 집에서 가까운 할인 마트의 시식코너에서 점심을 해결한다. 물론 이 방법은 좀 구차하다. 하지만 구차하지 않은 일은 없다는 생각이다. 사장이 되었다고 큰소리만 치고 앉아 있을 수 없다. 그들도 돈을 빌리기 위해서 금융기관에 손을 비비기도 하고 관공서에 머리를 조아려야 한다. 직원들에게도 어떨 땐 엎드려야만 한다. 알고 보면 그들이 더 구차한 노릇을 많이 한다. 여기저기서 주는 샘플을 모으면 꽤 오래 쓸 수 있다. 기업체에서 시행하는 경품 행사에 응모하는 것도 방법이다. 노력에 비해 돌아오는 것이 없지만 한번 걸리면 대박이 터지는 수가 있다. 아직은 내게 운이 닿지 않았다. 모든 사람들이 한 번씩 그 기회를 가져보고 마지막에 가서야 내 몫이 될 것 같다. 더군다나 기업체들은 경품 행사조차 엄청 머리를 쓴다. 한 번의 경품 행사에 얼마의 매출이 있을 것인지, 특채로 뽑은 인재를 투입해서 고액의 연봉을 주어가며 머리를 쥐어짜게 한다. 응모할 수 있는 대상도 제한을 두거나 이게 걸리고 저게 걸려서 아예 응모를 포기하게 만든다. 광고만 엄청 요란하게 때릴 뿐이다. 그래서 그들의 매출 대비 순이익이 생겨났다. 내 새대가리로 어딜 따라가겠는가? 그러고 보니 언젠가부터 민수는 나를 그렇게 불렀다. 새대가리.

　민수는 회사에 있겠지. 그의 팔뚝이 생각난다. 울뚝불뚝 솟아오르는 근육을 바라보기만 해도 든든했었다. 민수의 미래는 나의 미래였다. 민수가 백수였을 때 나는 그의 먹거리를 해결해주었고 그의 다리가 되어줄 경비를 조달해주었다. 미래를 위한 포트폴리오식 투자였다. 예전의 나약한 모습의 민수는 지금 없다. 변화무쌍한 세태에 어쩌면 그렇게 잘도 적응해가는지 놀랍기만 하다. 그가 연봉을 얼마 받는지 대강 알고 있지만 그건 내가 그와 함께하면서 누릴 수 있는 몫이 아니게 되었다. 그는 테드 휴즈의 시집을 두고 갔다. 또 술을 마시다가 더럽혀진 체크무늬 남방을 두고 갔다. 민수가 오지 않은 지 몇 달이 되어간다. 시집을 펼쳐보다가 「보름달과 어린 프라다」를 읽는다. 민수가 좋아하던 시였다. 어렸을 때 처음 달을 바라본 기억은 희미하지만 그 시를 읽으면 그때의 기억이 떠오를 듯하다. '달이에요! 하고 너는 갑자기 소리친다. 달이야! 달! 달은 자기를 가리키는 작품을 놀라 바라보는 화가처럼 뒷걸음쳤다.'

민수는 달의 한 조각을 떼어낸 것 같은 시를 쓰고 싶다고 했다. 그 말은 아마도 월미도에 함께 갔을 때 했었을 것이다. 민수는 월미도를 '달의 꼬리'라고 불렀다. 월미도는 지형이 반달의 꼬리를 닮았다고 해서 이름 지어졌다고 했다. 달의 꼬리라. 달에 꼬리가 있을 리 만무했다. 짐승도 아니고 그냥 달일 뿐인데. 달은 이지러졌다가 차오르고 차올랐다가 이지러지니 꼬리가 생기기도 한다고 민수는 말했다. 어쩌면 그럴 때 달의 모습이 살짝 웃는 연인의 입꼬리 같아 그곳의 사람들은 무한한 애정을 가지게 되지 않았을까 하고 말하기도 했다. 그런 말을 하면서도 민수는 불안해하고 있었다.

"새대가리, 그것도 몰라? 부장이 너 좋아한 거."

애매한 표정을 지으며 말했기 때문에 새대가리라는 말만 뇌리에 남아 돌다 사라졌다. 난 화가 나서 그럴 리가 없다, 그런 거 아니다,

라고 말했지만 자기 말만 하고 내 말을 듣는지 마는지 아무런 반응이 없었다. 생활이 불안정한 것에 기인한 정서적인 핍진 상태가 계속되어 아무 말이나 되는대로 하는 것 같았다.

민수가 있었다면 수찬이를 찾으러 달의 꼬리에 함께 가주었을 것이다. 나는 종종 월미도에 가곤 했다. 대학에 떨어졌을 때도 갔었고 비가 와서 우울한 날에도, 회사에서 잘렸을 때도, 일하기 싫어서 버스에서 내리지 않고 직행하기도 했었다. 그럴 때마다 비가 자주 내렸던 것 같다. 우중충한 날씨에 홀로 유원지를 걷는 여자란 보기 좋을 게 없을 것이다. 언제는 내가 남의 눈을 의식하며 살았나. 내 눈에 남은 중요하지 않았다. 잘 보이고 싶은 욕구가 없다면 거짓이겠지. 하지만 그러기 위해 일부러 연출한다거나 희생을 무릅쓴 어떤 수고도 하지 않았다. 지금의 나. 친구들을 만날 때 더 신경 쓴다. 아끼던 니트를 입고 백화점 세일 때 사두었던 바바리를 걸쳐 입고 그 전날부터 마사지를 한다. 궁색한 티를 내고 싶지 않아서다. 그들은 점점 빛이 나는 나를 보며 놀라워한다. 내심 볼품없는 꼬락서니를 하고 나타나기를 바란 친구도 있었을 것이다. 그들의 기대를 여지없이 무너뜨리는 통쾌함이야말로 삶의 활력이 된다. 아무에게도 지고 싶지 않은 건 어쩔 수 없다. 도대체가 재미없는 세상에 살고 있다는 생각이다. 그들은 내게 말한다.

"야, 아직도 노냐? 돈 많이 벌어놨었구나. 부럽다. 그렇게 놀 수 있다니."

내가 돈 떨어지기를 바라 마지않겠지만 어림도 없다. 샘물이 솟

듯이 어디선가 돈이 술술 들어오니까. 들어올 테니까……

"내리세요. 종점입니다."
운전기사가 깨운다. 졸다 깨다를 몇 차례 거듭하자 종점이 되었다. 종점이 달의 꼬리다. 그렇게 자고서도 버스 안에서 졸린 건 알다가도 모를 일이다. 머리를 앞뒤로 흔들면서 졸았던 것 같다. 수찬이가 걱정되지만 잠을 설칠 정도는 아닌 것인가라고 나 자신을 나무란다. 엄마의 걱정은 너무 지나친 면이 없지 않았다. 영영 안 들어올 것처럼 처절하다. 하지만 수찬이는 나처럼 음악에 재주가 없을망정 엄마 아빠를 외면하고 떠나갈 배포도 없고 그럴 계산도 하지 못할 것이다. 자신이 재능이 없다는 것을 깨달을 때는 언제고 돌아올 것이 분명하다. 그때까지 기다려줘야 다시는 집을 나가는 일은 없을 것이다.

맑은 날이면 바다 앞으로 떠 있는 섬들이 보였을 것이다. 아담하고 다정다감한 작약도가 보였을 것이고 영종대교로 이어진 영종도가 보였을 것이다. 왼쪽으로 멀리 아련하게 수줍은 듯 외롭게 떠 있는 무의도도 안개비에 가려 보이지 않는다. 바다는 물결이 고요하게 가라앉아 있어 회색의 하늘과 하나가 된 듯하다. 썰물이라 드러난 바위 위에서는 시궁쥐가 들락거린다. 난간에서 밑을 내려다보니 밀물 때인지 바닷물이 들어오고 있다. 돌무더기에 점점 물이 차오르는 것 같다.

여기가 달의 꼬리다. 사람들은 많은 시를 지어 달에게 바쳤다.

달도 사람들처럼 나이를 먹겠지. 나이를 먹어가면서 달에게는 쌓여가는 게 있다. 수없이 많은 사람들에게서 받은 시가 달의 어느 한 쪽 구석에 쌓여 있을 것이다. 희미하게 탈색한 달. 백수의 달. 민수와 함께 바라보던 달. 달을 노래하지 않은 시인은 아마 없을 것이다. 아마도 달을 바라보면 누구나 시인이 되는가 보았다. 달을 읊조리다 보면 봄 여름 가을 겨울이 오고 간다. 달에게서 시를 빼면 아무것도 남지 않을 것도 같다. 아마도 달에는 시가 살고 있는지도 모른다. 여우와 같은 시, 토끼 같은 시, 가끔 심심할 때 땅콩을 씹듯이 꺼내 읽는 시. 사람들이 저를 바라보면서 읊어대는 수많은 시를 생각하면 달은 가끔 머리가 아플지도 모른다. 왜 내게? 왜 나를? 수없이 많은 사람들이 저마다 다른 이름으로 부르는 것도 달은 혼란스러울 것 같다. 왜 내가? 달은 혼란스러워 고개를 갸웃하는 게 아닐까? 달에게 시를 써서 바친 사람 중에 민수가 있다.

나를 버려두고 와서 나를 데리러 가는 길에
비스듬히 깨진 달이
졸린 이마를 스친다.

몹시 부끄럽다는 듯이 보여주었는데 어떤 뜻이 담겨 있다는 것은 말해주지 않았다. 그리고는 달의 한 조각을 떼어낸 것 같은 시를 쓰고 싶다고 했다. 어쩌면 자신에게 그런 재능이 없다고 생각했는지 모르겠다.

"자유인이여 너는 늘 바다를 사랑하겠지 바다는 너의 거울이다. 너는 네 넋을 물결의 끝없는 굽이침 속에 비추어본다."

그는 보들레르의 「사람과 바다」라는 시를 소리 내어 읊조렸다. 바다가 반짝이며 응답하고 있는 것처럼 보이던 날에. 그렇게 환하던 웃음과 따뜻한 손길을 간직했던 날에. 달의 한 조각을 떼어낸 것 같은 시를 쓰고 싶다고 그는 바로 이곳에서 달을 바라보면서 말을 했었다.

하얀 유람선이 길게 포말을 일으키며 나타났다. 선체 사이사이에 사람들이 난간에 서서 바다를 바라보고 있다. 바다에도 길이 있다고 민수가 말했다. 물고기도 가는 길이 있고 배도 뱃길이 있다고 했다. 물의 흐름과 온도, 깊이 등에 따라 물고기들이 가는 길이 생긴다고 했다. 마구잡이로 다니는 게 아니라고 했다.

"사람도 사람이 가야 할 길이 있어."

"어떤 길인데."

"자기 나름대로 가야 할 길이겠지. 인간으로서의 길일 수도 있겠고."

그는 늘 아는 체를 했고 내게는 새대가리라고 했다. "야, 새대가리 그것도 모르냐?" 나는 다른 사람들이 그랬다면 무척 화를 냈겠지만 민수가 그렇게 부르는 것은 기분이 나쁘지 않았다. 그는 그의 길을 간 것뿐이다. 내가 가는 길과 그의 길이 달랐을 뿐 무슨 문제가 있단 말인가.

문화의 거리로 조성된 이래 사람들이 많이 찾는 것 같았다. 오늘은 날도 흐리고 비도 간헐적으로 와서 그런지 사람들이 보이지 않는다. 바닥에는 무늬 돌을 깔고 예술적인 설치물도 보인다. 야외 공연도 할 수 있게 무대도 만들어져 있다. 하지만 공연하는 팀을 눈을 씻고 찾아봐도 없다. 오늘 오후 일곱 시에 한다고 했던 것 같은데 뭔가 잘못된 것 같다.

　이리저리 둘러보자 닻 모형의 쇠로 된 조형물에 한 남자가 매달려 있는 게 보인다. 남자는 몸집이 크고 피둥피둥 살이 쪘다. 쇠로 된 조형물은 크기가 삼 미터도 되지 않아 보인다. 물에 빠져 죽는 것도 아니고 닻에 매달려서 죽겠다고 하니 우습기만 하다. 그 남자는 내가 자신을 보고 있는 것을 알면서도 행동을 멈추지 않는다. 바닥에는 그의 소지품인지 큰 검은 가방이 있다. 그는 굵은 밧줄을 가지고 있는데 닻을 기대놓은 화강암으로 된 받침돌에 올라가서 닻의 꼭대기에 밧줄을 건다. 그리고 살짝 목을 감고는 받침돌에서 발을 뗀다. 살찐 목의 살이 밧줄에 걸려 흔들거린다. 그러면서 눈은 계속 나를 바라보고 있다. 남자는 오래 견디지를 못하고 얼굴이 새빨갛게 되자 발을 닻의 어느 부분에 댄다. 그리고 숨을 몇 번 몰아쉬더니 그 행동을 반복한다. 오십 대 중반으로 보이는 그 남자는 집을 나와서 떠도는 것처럼 보였다. 그도 나처럼 백수인가 보다. 백수는 백순데 살고 싶지 않은 백수. 관객이 별로 없다는 것이 아쉬울 뿐이다. 맞은편에 늘어선 횟집에서 나와 있는 아줌마들은 구경거리도 아니라는 듯 다른 곳을 바라보고 있다. 벌써 며칠째 저러고 있다고 한 아주머니가 말해준다. 사내는 죽고 싶지 않은 것 같았다. 오히려 살고 싶은 것이다. 살고 싶기 때문에 누군가가 보아주길 바라서 저런 행동이나마 하고 있다고 보아야 할 것이다. 목숨이란 참말 끈질긴 것이다. 죽기를 바라는 사람은 어떻게든 살아지고 살기를 바라는 사람은 흔적도 없이 사라지니 말이다. 남자는 죽는 시늉을 하고 있으나 살고 싶다는 눈빛을 가지고 있다. 어째서 달의 꼬리에 와서 죽는다고 저럴까?

민수의 회사가 있는 광화문에 갔었다. 그는 상당한 시간을 시를 쓴다고 매달리다가 취직을 선언했다. 그리고 얼마간 애를 먹더니 대기업에 들어갔다. 그러자 일에 매달리기 시작해서 상당한 직급으로 상승했다. 전무후무한 일이라며 떠들어댔다. 곧 미국에 MBA 과정을 밟기 위해 가야 한다고 했다.

"모든 건 수치가 말을 해주지. 모든 현상과 예측할 수 있는 사람들의 행위들이 수치가 되고 수치가 된 것들은 다시 이미지가 되고 상품이 되는 거야."

시를 말하던 입이 순발력 있게 숫자를 말한다.

"정말 조직에 적응할 수 있겠어?"

그는 절대로 회사에 들어가지 않겠다고 했었다. 하지만 왜 마음이 달라졌는지 이유를 말해주지는 않았다. 어쩌면 그 마음을 들키기 싫어서 나를 만나지 않는지도 모른다. 나에게 자신의 나약함을 보이는 것이 싫었는지도 모른다. 그는 더 크게 떠벌리듯 말했다. 몇 년 후에 자신이 어떤 위치에 있는지 지켜보라는 것이었다.

"그래봐야 일개 직원일 뿐이겠지."

그 말이 그의 분노를 샀는지 알 수 없는 일이다. 왜 그런 말을 했을까? 나도 회사 생활을 했으면서. 그의 자존심을 상하게 했을까? 그래서 전화도 안 하는 걸까? 그래 그럴 수도 있지. 나는 이미 그에게서 아무것도 기대하지 않는다. 난 자존심이 강한 여자다. 그가 아무 말도 하지 않는데 내 쪽에서 사랑 운운하는 우스운 짓은 하지 않는다. 아무 말도 없이 차만 마시고 왔다. 그래, 가라 가.

날이 점점 개어진다. 푸르스름한 하늘의 끝이 어두워지면서 해의 윤곽이 뚜렷해졌다. 해가 뚜렷한 가운데 한쪽에서 희미하게 달이 고개를 디밀었다. 달은 초승달이다. 나는 가만히 달의 꼬리에 아라비아 숫자를 그려본다. 01234. 달이 꼬리를 살랑살랑 흔드는 것도 같다. 꼬리에 매달린 숫자들이 달랑거린다. 한 사내가 달의 꼬리에 매달린다. 밧줄을 모아 쥐고 빙글빙글 돌면서 목에 걸린 밧줄을 풀어내려 애쓴다. 그는 간신히 달의 배 위로 올라가 다시 매달린다. 남자는 달의 한쪽을 떼어내 던져버린다. 나는 바다에 떨어지는 달의 조각을 본다. 무수히 꽃잎처럼 겹쳐지면서 피었다 지고 있었다.

작년 가을 민수와 달의 꼬리에 와서 월미산에 올랐었다. 민수는 내 손을 잡고 산책로를 따라 산 위로 올라갔다. 이상한 열기가 그의 끈적한 손에서 전해져왔다. 늦은 시간이었다. 개방되었다고는 해도 열 시가 되면 등산이 금지되었다. 그는 무슨 생각에서인지 일곱 시도 넘었는데 산에 오르자고 했다. 나도 그와 떨어지기 싫었다. 그가 가자는 곳은 무조건 따라가고 싶었고 그가 하자는 일은 아무것도 물어볼 것도 없이 함께하고 싶었다. 산의 정상에서 시내를 내려다보니 부두에서 부두로 이어진 거대한 항구가 보였다. 바다에서는 무역선이 그림처럼 떠 있고 부두 안에서는 어느 나라에서 왔는지도 모를 수많은 배들이 정박해 있었다. 조그만 예인선 두 척이 커다란 배의 양 끝에 붙어 나갈 길을 안내하고 있었다. 그와 나는 어디론가 떠나고 싶었다. 오스트레일리아에서 온 배가 있다면 그와 함께 숨어 들어가 배 밑창에 붙어 몇 날이고 고생한 끝에 가닿은 그 섬나라에서 살고도 싶었다. 우리 저 배에 몰래 탈까? 내가 물어보자 그는 피식하고 웃었다. 대답 대신 그의 입술이 포개져왔다. 나는 몸이 배배 꼬이는 것처럼 느껴졌다. 하산해야 할 시간이 되었다. 하지만 그는 좀처럼 내려갈 생각이 없는 듯했다. 어두워진 하늘은 문을 닫기 시작하는 수문장처럼 완고해 보였다. 바람은 나무로부터 불어오고 있었다. 나무에서 나무로 한숨처럼 또는 격정처럼 가눌 길 없는 그리움처럼.

그는 나를 이끌고 산의 곳곳을 뒤지고 다녔다. 나뭇가지에 옷이 걸려 떼어내느라고 그를 놓칠 뻔하기도 했다. 그는 흡사 산짐승처럼 보였다. 이리같이 보이기도 했고 늑대같이 보이기도 했다. 곰 같은 구석도 보였다. 하지만 무조건 좋았다. 나도 이리가 되고 늑대가 되고 곰이 되면 그만이니까. 우리는 한 쌍의 짐승이 되어 이 산의 끝에서 끝으로 함께 뒹굴고 뛰어다니며 놀면 된다.

이미 상당한 시간이 흘러 있었다. 그와 난 산에 갇힌 신세가 되었다. 오토바이를 탄 산 지킴이들도 우리를 발견하지 못했다. 그는 어두워 아무것도 보이지 않는 곳에서 부대의 막사로 쓰이던 나무집을 발견했다. 산책로 아래 산비탈로 내려가야 했다. 막사는 꽤 오래전에 지어진 목조 건물이었다. 일제 때 지어진 것 같기도 했다. 문은 열려 있었으나 아무것도 없었다. 그는 나무 바닥에 꿇어앉아 옷을 벗기 시작했다. 점퍼를 바닥에 깔고 나를 살며시 뉘었다. 나도 옷을 벗어 바닥에 깔았다.

"후회하지 않겠어?"

그가 내게 물었다. 그 말은 후회할 수도 있다는 말로 들렸다. 사랑에는 행위가 있고 그다음에 온갖 무성한 뉘우침이 있지 않을까. 이미 행위의 중도에 그 말은 자기 방어에 다름 아니었다. 하지만 그것도 개의치 않았다. 그의 이 말은 나중에 충분히 효과가 있는 말이 되었다. 우린 헤어진 거나 마찬가지니까. 그러나 나는 후회하지 않는다. 다만 좀 아플 뿐이다. 폭풍 같은 시간이 흘렀다. 비틀거리며 밖으로 나오자 환한 달이 고개를 갸웃거리며 우릴 보고 있었다. 너희들 뭐 했어? 하는 듯이. 그는 다시 나를 이끌고 들어갔다. 몹시 피로가 밀려왔다. 그와 난 함께 껴안고 잠이 들었다.

이미 작년의 이야기가 된다. 그때의 순진함도 내겐 없어졌다. 그 악스러움이 몸에 배어나기 시작했다. 거리에는 차츰 어스름이 내리고 등대가 가스등처럼 뿌연 빛을 쏘았다. 붉은 노을이 번지는 하늘에는 갈매기가 날아다닌다. 바닷물은 아주 조금씩 밀려들어 온다. 자갈들 위를 빛으로 쓸어내리면서 차츰 달의 한쪽을 간지럼 태운다. 달의 여신 아르테미스의 미끈한 다리가 물에 씻기는 듯하다. 그녀는 커다란 몸을 누이고 얇은 명사로 짠 드레스 사이로 가슴을 드러낸 채 두 발을 담그고 있다. 가끔 몸을 움직일 때마다 물이 철렁거리며 다리 안쪽으로 스며들게 하면서. 해는 부끄러운 줄도 모르는 이 여신에게서 슬며시 고개를 돌린다. 오히려 해가 민망해서 붉은 얼굴이 된다. 멀리 멀리 번져가는 노을을 바라보며 여신은 깨달음과 조바심으로 몸을 일으켜 세운다. 그녀는 이미 달아나버린 빛을 좇을 길이 없다. 해변에 서서 하염없이 맨발로 걷다가 그대로 굳어버린다.

횟집들이 불을 밝히기 시작한다. 엄마에게 전화를 하려다가 그만둔다. 분명히 잔소리를 들을 게 뻔하다. 넌 동생이 걱정되지 않냐. 이렇게 비가 오는 날 너 같으면 공연하겠냐? 생각이 있는 거냐? 새대가리냐? 민수라면 그런 말을 할지도 모른다. 횟집 앞에 있는 오락기계가 소리를 질러댄다. 나 좀 때려줘. 아야 왜 때려.

"야, 너 자기소개서 완전 웃겨준다. 그거 다른 사람들이 모두 봐도 되는 거야? 그런 걸 왜 숨통조임 따위가 보게 했어. 단박에 퍼나른다는 거 모르지는 않았겠지."

나는 잠시 명해서 핸드폰을 떨어뜨릴 뻔했다. 버스에서 내려서 바다 쪽으로 걸을 때 유진이 전화를 했다. 장난으로 쓴 자소서를 내가 숨통조임에게만 보여주었더랬다. 자꾸 신경을 거스르게 해서 좀 친해지면 나아지려나 하고 보여준 것이다. 그런데 다른 사람들이 들락거리는 곳에 올린 모양이다.

식당에 들어가자 아까 닻 조형물 위에서 목을 매달던 남자가 앉아 있다. 그의 덩치 큰 몸이 조그만 의자를 찌부러뜨릴 것만 같다. 탁자 위에는 달랑 소주 한 병과 고등어구이가 접시 위에 놓여 있다. 남자는 나를 보자 반색을 하며 의자를 내민다.

"자, 아가씨. 오핼 마시고 앉으셔. 이런 날 혼자 온 거 보니까 벨루 기분도 안 좋은 거 같은데 한잔하고 가요."

나는 그냥 나가려다가 하는 수 없이 떨어져 앉았다. 남자는 계속 말을 걸며 내 옆으로 다가왔다. 자, 젓가락 여기 있어요. 하며 아줌마가 날라온 소주잔에 소주를 붓는다. 남자를 외면하면서 메뉴를 훑어보고 있는데 "글지 말고 한잔혀요. 실연을 당했나. 이런 날은 소주가 제일이지" 하면서 아까 목을 맬 때처럼 절실한 표정으로 나를 똑바로 본다. 나는 혼자만의 시간을 방해받은 것에 대해 모욕감을 느꼈다. 하지만 남자는 내가 물어보지도 않았는데 열심히 떠들어댄다.

"아가씨는 죽고 싶을 때 없어? 그냥 죽어라 하고 보고만 있드만. 난 살아도 희망이 없다구. 회사에서 짤렸거던. 그렇게 열심히 일했는데. 회사 앞에 매일 서 있었어. 내 나이 이제 쉰다섯이야. 벌어논 돈도 없다구."

"아저씨, 그래도 열심히 사셔야지. 죽을 생각을 하시다니. 가족들 생각도 하세요."

"다 떠나갔어. 아들놈도 가고 마누라도 가고 풍비박산 났어."

남자는 어지간히 술에 취한 것 같다. 나는 이런 자리가 너무 떨

떠름해서 자리에서 일어났다.

"너도 가냐. 너도 떠나가냐."

남자는 아까 목을 맬 때보다 더 절실한 표정으로 나를 본다. 덜컥 겁이 난다. 남자가 내 팔을 잡아 앉힌다.

"나도 집에 갈 거야. 조금만 더 앉아 있어."

"아저씨, 집에 가세요. 이젠 날도 어둡고 쌀쌀해졌어요. 빨리 들어가세요."

그러자 남자가 아주 슬픈 얼굴로 말한다.

"나 좀 데려다줘. 어, 아가씨. 아가씨 보니까 옛날 애인 보고 싶다."

내가 아무 말 없이 벌떡 일어서자 무시무시한 소리가 귀를 때린다.

"이년이 조금만 더 있다가 가라니까 말을 안 듣네. 내 고추 만져 달랄까 봐 그러냐. 미친년."

나는 기겁을 하고 식당 밖으로 뛰쳐나와서 한참을 달린다. 버스 정류장으로 달려가는 다리가 후들거린다. 민수가 더 원망스럽다. 내 나이 적지 않은데 이제 또 다른 님을 만나기 위해 동분서주하고 또 갖은 아양과 신경전을 벌여야 할 것을 생각하니 막막하기만 하다. 민수가 헤어지자고 한 것이 아니니까 굽히고 들어갈까. 돈도 떨어져간다. 젊음도 시들어져간다. 난 어쩌란 말이냐. 저런 중닭한테 이런 수모나 당하고 살아야 하다니. 나는 기진맥진해서 버스에 온몸을 기댄다. 버스 창으로 달빛이 희미하게 달려 들어온다. 꼬리를 흔들면서. 꼬리 끝에는 숫자들이 대롱대롱 매달려 있다. 수찬이의 기타도, 그리고 한 사내가 밧줄에 매달려 있다. 갑자기 달의 한쪽 귀퉁이가 떨어져 나간다. 떨어지면서 꽃잎이 되고 별빛이 되고 바람이 되고 한없는 시의 몸짓이 되어 낙화하고 있다. 어쩌면 사람들은 간신히 매달려 있는 세계의 끝에서 떨어져 나가지 않기 위해 혼신을 다해 살고 있는 게 아닐까? 민수도 나도. 민수가 언젠가 이곳에 와서 달의 꼬리에 매달리지 않기를 바란다. 조직에 적응을 잘 해내기를 바란다. 나는 그러기를 바라면서 달의 꼬리에 희망의 노란 꽃나무를 메달아 놓아본다. 게느삼이였는지 게삼느였는지 아무튼. 자기소개서를 다시 써야겠다. 절실한 표현들로만 채워 넣어서. 이력서를 낸 곳에선 감감무소식이다. 민수야 정말 보고 싶다. 민수야 나 좀 데려가줘.

삼각조르기

삼각조르기

　자기계발서를 쓰기로 한 이유는 무슨 의미심장한 메시지를 던지겠다는 것이 아니다. 돈을 벌기 위한 것도 아니고 유명해지려는 것은 더욱 아니다. 내 책을 읽고 사람들이 얼마나 계발될지는 알 수 없는 일이다. 나도 그런 종류의 책을 수십 가지나 읽었지만 나 자신을 한 걸음도 앞당기지 못했다. 왜 그럴까 하고 생각해보니 나는 내가 사람들하고 다르다는 사실을 알았다. 나는 앞으로 나가려는 사람이 아니라 오히려 뒤로 물러서는 인종에 가깝다는 것이다. 예를 들면 기회가 왔을 때 가까스로 다가온 그것을 발로 뭉개버림으로써 그동안 미련을 떨었던 자신을 가차 없이 벌한다. 아무런 보람도 없이 허무하게 한 방에 끝나버리지만 나는 그것을 계속 반복한다. 결국 밑도 끝도 없는 나락이 기다린다. 이 책은 나와 같이 뒷걸음을 치면서 살아가는 사람들에게는 조금 유익한 책이 될지 모른다. 왜냐면 경험 이상의 스승은 없는 것이니까.

그래봐야 한 권의 자기계발서가 늘어날 뿐이다. 나는 사실 이 책을 누군가가 읽든지 말든지 신경을 쓰지 않는다. 누군가는 읽을 것이고 읽는 사람에게 감응이 가면 또 다른 독자가 생길 것이다. 아무도 읽지 않는다고 해도 어차피 자기계발서니까 나 자신은 충분히 계발될 것이다. 이렇게 생각하면 모든 게 간단하다. 식당 주인이 장사를 하다가 팔리지 않는다. 남는 것은 자신이 먹어치운다. 어차피 식당 주인도 먹어야 한다. 기운을 내서 열심히 장사를 한다. 더 열심히.

자본이라는 것은 밑천이라는 말이다. 이 자기계발서가 밑천이 돼서 더욱 발전하시기를 고대한다. 생각해보면 언제나 뒷걸음치던 자가 멈추게 되는 것만도 큰 성과라면 성과일 수 있다. 나는 일일이 내가 겪은 것을 토대로 쓰려고 한다. 나 자신이 일단 경험한 후에 적어가기 시작했기 때문에 공감대가 형성될 수 있다고 생각한다. 자신이 겪어보지도 않은 것을 화려한 수사에 힘입어 각색하고 조립해놓은 책과는 다를 것이다.

내가 말하고 싶은 것은 종합격투기에 다 있다. 인생을 끊임없는 싸움이라고 봤을 때 종합격투기를 통해 살아가는 기술을 배울 수 있다고 생각한다. 싸울 준비도 없이 경기장에 서 있는 당신. 잽으로 상대를 탐색해보지도 못하고 일방적으로 두들겨 맞기만 한 당신. 너무 종합격투기를 무시한 것이다. 격투기는 삶의 다양한 모습을 보여주는 축소판이라고 여겨진다. 이 경기를 보면 나의 지나온 인생과 나아갈 인생이 한꺼번에 보인다. 어디서 잘못됐는지도 알게 되고 어떻게 살아야 할까도 윤곽이 잡힌다. 나는 누구에게나 종합격투기를 보거나 직접 해보라고 권한다. 종합격투기야말로 운동 경기다운 경기다. 왕캉 선수의 왼팔이 곤충의 더듬이처럼 랜디 킴 선수의 복부를 향해 뻗어갈 때 랜디 킴 선수의 다리가 공중회전을 하면서 왕캉 선수의 턱을 가격한다. 일명 하이킥이다. 서로 한 방씩 주고받았기 때문에 큰 데미지는 입히지 못했지만 가랑비에 옷 젖는 지 모른다고 계속 주고 받다 보면 어느 순간 한 선수가 나가떨어지 게 될 것이다. 링의 한쪽 구석에서 훌쩍거릴 것인지 승리의 세레모 니를 보여줄 것인지 그것은 당신에게 달려 있다.

격투기를 즐겨 보게 된 것은 한 여자 때문이었다. 여자는 내게 정글에서 살아남는 법을 가르쳐주겠다고 했다. 나는 매사가 소심 하고 결단력이 부족해서 회사에서도 감원의 대상이 되어 있었다. 여자는 내가 계속 이렇게 살아가기를 바라지 않았다. 어느 날 그녀 가 데이트 장소로 선택한 곳은 시내의 한 운동 경기장에서였다. 그 녀는 내가 강해지기를 바란 것 같았다. 우리는 같은 사무실에서 근 무하고 있었고 그녀는 사무를 보는 여직원이었다.

경기장 내부에 들어섰을 때 이미 경기는 시작되고 있었다. 후끈 달아오른 열기로 내부는 숨쉬기가 힘들 정도였다. 어둠 속에서 스 포트라이트를 받고 있는 사각의 링 안에서는 두 사람의 선수가 어 지럽게 발을 옮기고 있었다. 더 많이 때리거나 덜 맞기 위해 두 선 수는 부지런히 움직였다. 종합격투기를 직접 보는 것은 처음이었 다. 여자는 처음부터 경기가 끝날 때까지 한 시도 눈을 떼지 못했다. 누군가를 패주고 싶은 마음을 이런 곳에서 푸는 건지도 몰랐다. 여자가 입식 타격인 K-1 경기를 보러 가자고 처음 말했을 때는 그냥 말로만 그러는 줄 알았었다. 하지만 자신이 직접 인터파크로 전화를 걸어서 예매를 하는 것을 보고 놀라지 않을 수 없었다. 평소의 여자는 이렇게 피 터지는 경기는 좋아할 것 같지 않았다.

한 경기가 끝날 때마다 나가고 싶었지만 여자는 꼼짝도 하지 않고 앉아 있었다. 경기가 시작될 때마다 레이저 빔으로 교차해서 쏘아대는 조명과 요란하게 들리는 테마곡으로 경기장 안은 흥분이 가라앉지 않았다. 나는 여자를 바라보았는데 어느 순간 여자는 울고 있었다. 그리고 다음 순간 언제 울었냐는 듯이 힘차게 응원을 하고 있었다.

소란스러운 경기장을 나왔을 땐 저녁이 다 되어 있었다. 뭣 좀 먹겠냐고 물었더니 여자는 자신은 아무것도 먹고 싶지 않고 그저 쉬고 싶다고 했다. 자신이 선수로 뛴 것도 아니면서 녹초가 다 되어서는 내게 배가 고픈지는 묻지도 않았다. 하는 수 없이 근처의 숙박업소를 찾았다. 카운터에 식사를 미리 주문하고 방으로 들어갔다. 여자는 내게 종합격투기가 재미있지 않느냐고 했다. 남자들은 아마 많이 좋아할 거라고 했다. 나는 폭력을 쓰는 것은 그것이 비록 운동경기라도 싫다고 했다. 로마의 콜로세움이 연상된다고 했다. 오만여 명의 관중이 지켜보는 가운데 검투사들은 싸우다가 죽어야 했다. 여자는 자신도 그렇게 생각하지만 그래도 합법적인 경기이고 목숨에 위해가 가지 않도록 규칙이 정해져 있기 때문에 나쁘게

만 보지 않는다고 했다. 종합격투기가 지금의 룰이 없을 때는 남자들이 머리채를 잡아당기거나 눈알을 손가락으로 쑤시는 것이 허용됐어요. 아무런 규칙이 없다고 상상해보세요. 너무 재밌지 않아요? 여자는 나를 똑바로 바라보고 물었다. 아마도 상당히 위험한 경기가 됐을 거라고 말했다. 잘 훈련된 선수들의 주먹은 콘크리트 덩어리를 솜뭉치로 감싸서 휘두르는 정도로 무서울 수 있다고 말했다. 여자는 그렇게 생각하느냐면서 누군가는 목숨을 건 일이 다른 누군가에게는 유희가 된다는 것은 어떻게 생각하느냐고 물었다. 그때 주문했던 닭백숙이 와서 그것을 먹느라고 대답할 겨를이 없었다. 닭의 모가지가 없네요, 하면서 여자는 백숙을 열심히 뜯어 먹었다. 모가지가 없네요, 라고 굳이 말할 필요가 있을까. 밥맛 떨어지게 하면서 자기는 허겁지겁 먹어대는 여자의 행동에 필요 이상의 과장이 들어 있었다.

여자가 종합격투기 기술을 가르쳐주겠다고 하면서 옷을 벗었다. 빨리 벗지 뭐 해요. 기분 좋은 상상을 하면서 옷을 벗자 여자가 내 앞으로 다가왔다. 종합격투기는 말 그대로 주짓수, 무에타이, 킥복싱, 레슬링, 유도, 태권도 등 모든 격투기들을 다 할 수 있어요. 그래서 기술도 다양하고 머리 회전도 빨라야 돼요. 모든 무예를 다 할 수 있다고 상대를 눕히기 쉬울 거라고 생각하지만 오히려 공격에 애를 먹게 되죠. 상대의 복부나 머리를 가격하려고 하지만 상대는 내 정강이뼈를 타격하고 있거든요. 열일곱 차례 다리에만 타격을 맞고 바닥에 뻗어버린 선수도 있어요. 그러면서 여자는 내 머리를 잡고 자신의 가랑이 사이에 끼우는 동작을 했다. 에로틱한 장면을 상상하고 있는데 별안간 여자의 두 다리가 목을 죄어왔다. 자, 이 기술이 삼각조르기예요. 상대방을 그로기 상태에 빠트립니다. 그때 잠시 기절해 있었던 것 같았다. 여자가 자신의 손바닥으로 내 얼굴을 철썩철썩 때려서 정신이 돌아왔다. 그렇게 약해빠져 가지고 무얼 하려고 그래요. 그래가지고 무얼 할 수 있겠어요. 여자는 처음으로 푸념이 섞인 말을 했다.

밤마다 그녀는 한 가지씩 기술을 내게 걸었다. 상대의 등에 올라타서 양다리가 상대의 배를 감아야 하는 백 마운트 포지션, 누워서 방어하는 상대의 팔을 제압해서 어깨의 관절을 꺾는 기무라, 니바, 니어 네이키드초크, 암바, 킬로틴초크 등 셀 수도 없이 많았다. 우박처럼 쏟아지는 주먹을 맞다 보면 살아 있다는 느낌이 강해졌다. 내가 여자에게 해줄 수 있는 것은 맞아주는 것뿐이었다. 특히 수많은 기술 중에서 내가 좋아했던 것은 그 여자가 내게 걸었던 격투기 기술 중 하나인 트라이앵글 초크라고 하기도 하는 삼각조르기였다.

잠깐 삼각조르기에 대해 알아보자. 브라질 그레이시 가문이 발전시켰다는 주짓수는 관절기를 주무기로 한다. 상대가 숨을 못 쉬게 하거나 관절을 꺾어서 제압하는 무술이다. 타격 없이 상대를 제압하기에 좋은 기술이기 때문에 체력이 약한 남자나 여자들이 호신술로 많이 써먹을 수 있다. 삼각조르기는 기본적인 기술이고 유명한 선수들 중에서도 이 기술로 쓰러진 선수가 많다. 그래서 여자는 주짓수를 배웠던 것일까. 정글에서 살아남기 위해.

　　삼각조르기는 삼각김밥이나 삼각함수와는 다르다. 단순히 도형의 차원과는 거리가 있다. 이건 실제 상황이다. 삼각이라는 것의 절대적인 아름다움을 알 수 있게 해준다. 여자는 나를 받아들이는 자세로 누워 있다가 내가 다리 사이로 몸을 들이밀면 다리를 바짝 치켜들었다. 그럴 땐 여자의 가랑이 사이에 바짝 끼워졌다. 한쪽 팔이 허리를 감기 위해 빠졌을 때 그녀는 다리로 한쪽 겨드랑이를 감아 둘렀다. 그리곤 재빨리 다른 쪽 다리로 목을 감으며 반대쪽 다리에 걸었다. 마지막으로 여자의 두 손이 내 머리를 감싸 쥐고는 자신의 아랫배 쪽으로 잡아당긴다. 그 때 내 입에서는 끽 소리가 저절로 흘러나왔다. 여자의 길고 탄력 있는 다리 사이에 끼워져서 까무러질 때 여자는 관용을 베풀 듯 다리를 벌려준다. 여자에게 목을 내어 맡기는 순간에는 아무것도 생각할 필요가 없었다.

　　나는 여자의 부드러운 다리 사이에서 비명을 지르는 것이 부끄럽지 않았다. 여자의 두 다리가 스펀지처럼 폭신하게 목을 누르다가 서서히 조여 들어오는 느낌이 좋았다. 그다음 불이 붙은 것처럼 환하게 타오르다가 꺼져가는 순간 절정에 다다르게 된다. 그때 여자는 다리를 벌려 나를 놓아주었다. 나는 여자의 가랑이를 사랑하게 되었다. 내 목을 조여들어오는 길고 탄탄한 다리가 없으면 잠이 오지 않았다. 여자와 밤을 보내기 위해 내가 얼마나 많은 시간을 애태우며 살았는지 여자는 모른다. 여자의 다리에 목을 조여본 사람이라면 진정한 행복이 무엇인지 알 수 있다고 생각한다.

칠십 년대 유행했던 YES I CAN이라는 자기계발서가 있었다. 미국에서 커다란 반향을 일으키고 우리의 대기업에서도 사원들에게 권장해서 읽도록 했었다. 적극적이고 긍정적인 삶의 자세가 어려운 현실을 돌파하는 데 얼마나 큰 힘이 되는지를 실례를 들어서 풀어나갔다. 당신이 누군가에게 뜬금없는 좌 우 혹을 맞고 있다면 혹은 무지막지하게 강한 펀치를 맞아서 얼굴이 걸레처럼 너덜너덜해졌다고 해도 절대 긍정적인 자세로 맞아주라고 말해주고 싶다. 맞는 자세에 따라서 당신의 미래는 달라질 수밖에 없다. 사각의 링 안에서나 철망으로 두른 팔각의 옥타곤 위에서나 도망갈 구멍은 없다. 두 눈을 똑바로 뜨고 맞는 선수는 절대로 지지만은 않는다. 두 눈을 감고 맞다가 결국 스탠딩 다운으로 실려 나가게 된다. 두 눈을 뜨고 자신이 처해 있는 현실을 직시하는 것이 중요하다.

나는 당신이 처할 수 있는 어려운 현실을 집어 들어볼 생각이다. 당신의 회사는 감원의 철퇴를 맞고 집에 들어앉은 사람들이 많아 썰렁해졌다. 회사 재무구조가 너무나 나빠서 지금 당장 문을 닫는다고 해도 전혀 문제가 없을 정도로 부실해졌다. 사장만이 그런 사실을 이해할 수 없다는 얼굴을 하고 있다. 당신이 그 회사에 들어간 직후에 부도를 크게 맞았다. 사장은 당신이 알기에도 숨 가쁘게 뛰어다녔지만 점점 더 나빠지기만 했다. 남아 있던 직원들도 퇴직금이라도 빨리 챙겨야겠다고 생각했는지 하나둘씩 회사를 그만두었다. 이제는 강 차장과 당신만 남아서 뒤치다꺼리를 한다.

고개를 들어 뒤를 돌아보니 사장과 눈이 마주쳤다. 사장의 자리는 하필 당신의 뒤 벽 쪽에 자리 잡고 있어 신경이 많이 쓰인다. 당신은 약 먹은 고양이처럼 뻣뻣해진다. 그렇지 않아도 당신은 충분히 불행하다. 여러 가지 태클과 펀치에 시달리다 보면 펀치트렁크에 걸린 사람처럼 체머리를 흔들게 된다. 그러다 보면 오후가 되고 퇴근 시간이 된다. 하지만 아직 사장의 펀치는 끝나지 않았다. 그는 당신이 돌아본 것이 무슨 신호라도 되는 듯이 벌떡 일어나더니 강 차장에게 다가간다. 그는 가볍게 라이트 훅을 날린다. 어제 수금한 돈을 입금했겠지. 강 차장의 얼굴이 빠르게 어두워진다. 훅을 날렸는데 팔을 비틀어 조이는 암바에 걸린 사람의 얼굴을 한다. 고통을 참고 있는 듯 두 눈조차 감고 있다. 저, 그게 말이죠. 말까지 더듬는 걸로 봐서 심상치 않은 사태가 예상된다. 당신은 컴퓨터 전원을 끄고 나갈 채비를 한다. 저 집에 돈이 너무 필요해서요. 집사람이 수술을 했거든요. 사장이 강 차장의 멱살을 쥐고 밖으로 나간다. 당신은 저 밖에서 벌어지는 일이 무언지 더 상상을 하고 싶지 않다.

당신은 밖으로 나가 거리를 헤맨다. 거래처를 둘러본다는 구실을 대고 나왔지만 사무실로 돌아가고 싶지 않다. 이유 없이 가슴이 두근거리고 맞지도 않은 몸이 아파오기 시작한다. 당신은 자신이 처해 있는 현실을 직시하지 못하고 집으로 발걸음을 돌린다.

나는 아까도 말했듯이 내가 겪은 일들을 바탕으로 이 글을 쓴다고 했다. 이것은 내가 겪었던 사실이다. 나는 망해가는 것이 내 본분인 것처럼 철저히 망해갔다. 나는 아내가 수술을 하다가 죽지 않고 살아 있어서 원망스러웠다. 나쁜 년. 지방을 빼는 데 오백만 원이라니. 하지만 사장은 내 말을 믿지 않았다. 나는 죽지 않을 정도로만 맞았다. 두 눈을 똑바로 뜨고 긍정적인 자세로 맞았다. 그리 어렵지 않았다. 맞다 보니까 그것도 할 만했다. 다만 사장이 내게 건 기술은 그냥 아프기만 했다. 여자의 삼각조르기처럼 절정이라는 것이 없어서 서운했다. 사장은 그렇고 그런 사람이었다.

'인디언들은 말을 타고 가다가 잠시 멈추고 자기가 걸어온 길을 돌아본다고 한다. 자신의 영혼이 미처 따라오지 못할까 봐 걱정되는 마음에서다.' 옥타곤에서 치러진 UFC 경기에서 해설자가 한 말이다. 어디선가 들어본 말이지만 새삼스러웠다. 뒤를 돌아본다는 것은 죽음이 항상 도사리고 있기 때문일 것이다. 뒤에서 누군가가 공격해 올지 모르기 때문이라는 말도 되겠다. 어쨌든 지금 죽을지도 모른다면 사람은 뒤를 돌아보게 되는 것이다. 더 이상 앞을 바라볼 수 없기 때문이다. 뒤를 돌아보아서 얼마큼 가치 있는 인생이었나를 생각해보라. 그런 마음으로 산다면 앞으로 당신은 성공이라는 타이틀을 거머쥘 수 있을 것이다.

　

내게 전화를 건 사내는 책을 한 권 내고 싶은데 도와줄 수 있느냐고 물었다. 호텔 커피숍에서 기다리면서 버릇처럼 노트북을 들여다보고 있었다. 스팸 메일이 꽉 들어차서 하나하나 지우고 있었다. 나는 내가 스팸이 된 것처럼 느껴졌다. 쓰레기를 하나둘 처리하듯 나 자신을 지워버리고 싶었다. 사내는 내 노트북을 흘끗 보고는 재미있다는 표정을 지었다. 자기가 하는 일이 바로 인터넷과 관련된 사업이라는 것이었다. 돈도 벌 만큼 벌었고 그 분야에서는 명성도 얻었다는 것이다. 하지만 뭔가 부족한 느낌이 들어서 생각해보니까 책을 한 권 내보지를 못했는데 이왕이면 사람들에게 희망을 줄 수 있는 것이면 좋겠다고 했다. 자신이 하는 일이 사실 떳떳한 일이 아니기 때문에 더 그런 열망이 생기게 된 것 같다고 했다. 인터넷상에서 벌어지는 떳떳하지 못한 일이 무얼까 궁금해졌다. 불법적인 일입니까? 하고 물었다. 사내는 약간 화를 내었다. 생전 합법적인 일만 일삼을 것 같은 얼굴로 저를 보지 마십시오. 저는 공과 사가 다 불법입니다. 모르시나 본데 돈을 많이 버는 일이 합법과 불법 사이에 있는 일이죠. 그렇게 물으시는 선생은 법을 잘 아시나요? 나는 사내가 입고 있는 정장을 유심히 살펴보았다. 한눈에도 명품이라는 것을 알 수 있었다. 저에 대해서는 어떻게 알게 되셨습니까? 나는 사내가 그럴듯한 대답을 해줄 줄 알았다. 인터넷에서 찾았어요. 정말 평판이 없으시더군요. 저는 그런 사람을 좋아합니다. 왜냐면 실패를 경험해본 사람이기 때문이죠. 쓰라린 경험이 없이는 인생을 말할 수 없을 테니까요. 전 그런 사람들을 한 트럭 정도 알고 있는데 모두 제가 갖고 있지 않은 것을 가지고 있었어요. 바로 패배감이죠. 나는 할 말을 잃어버렸다. 사내는 혼자서 떠들어댔다. 전 책을 한 권 내고 싶어요. 희망의 메시지가 가득 들어 있는 책을 말이죠. 살아갈 용기를 얻을 수 있는 책. 아무도 거기서 불행을 느끼지 않는 책. 제 말 알아들으시겠어요? 나는 사내를 똑바로 쳐다보면서 말했다. 그런 책을 왜 저같이 평판도 안 좋고 패배감으로 얼룩진 인간에게 부탁하는 겁니까. 실패가 뭔지 모르고 인생의 쓰라림과 거리가 먼 양반께서 직접 쓰시지. 아, 그렇게 화를 내지 마십시오. 사내는 당황해하면서 손을 흔들었다. 그런 말이 아닙니다. 오해 마세요. 제가 잘났다는 말을 하기 위해서가 아닙니다. 선생은. 선생은이라고 사내는 말했다. 제 말을 헤아려주셨으면 좋겠습니다. 저는 지금까지 열심히 살아왔습니다. 실패가 뭔지 쓰라림이 뭔지 잘 알죠. 다만 넘어졌을 때 다시 일어서서 싸웠다는 것을 말하고 싶은 거예요. 저는 글을 쓰지 못합니다. 제 생각을 조리 있게 쓰는 것은 잘 못하니까 도와달라고 부탁하는 겁니다. 내용은 다 알아서 써주세요. 저는 터치를 하지 않을 테니 다만 중간중간 제게 보여주시기만 하면 됩니다.

사내의 태도는 불량했지만 그렇다고 하지 않을 수도 없는 일이었다. 상당히 많은 액수의 보수를 주겠다고 했고 계약금도 받았다. 합법과 불법 사이에 있는 일이라는 것 중 하나가 아닐까 하는 생각이 들어 씁쓸했다. 계약금으로 받은 돈도 다 써가고 있다. 나는 책을 써가는 동안 사내가 말하고 싶은 게 뭘까 하고 생각을 거듭했다. 사내가 쓰고 싶어 하는 것이 그럴듯한 자기계발서와 같은 책이라는 것은 알 것 같았다. 나는 한편으로 사내가 다시는 연락해 오지 않기를 바랐다. 서두를 쓰고 그 무성의함에 나도 놀랐다. 독자가 읽든지 말든지 신경을 쓰지 않는다니. 사내가 화를 낼지도 모른다는 생각에 머리가 곤두섰다. 그러니 평판이 나쁠 수밖에 없지 않느냐고 따져 묻는다고 해도 할 말이 없을 것 같았다. 하지만 사내의 냉정한 태도도 마음에 들지 않았고 IT 분야에서 탁월한 성과를 거두고 있다는 것만 알고 있었다. 사내에 대해 알고 있는 것이 없다는 것은 무엇보다도 글을 쓰는 데 걸림돌이 되었다. 어떤 정보도 주지 않고 제멋대로 쓰라는 것이니 당연히 우스꽝스러운 글이 될 수밖에 없지 않은가? 하지만 사내는 아무것도 문제 삼지 않겠다고 했다. 여자의 다리 사이에 머리를 처박고 목을 졸리던 이야기를 쓴 걸 안다면 사내는 어떤 표정으로 나를 바라볼지 궁금했다.

공이나 기구를 가지고 하는 경기는 공이나 기구가 커뮤니케이션을 해준다. 둥근 공의 탄력이 선수들 간에 불필요한 오해를 없애주고 적대감을 최소한으로 줄여준다. 사람들 사이의 언어가 그렇듯이 이 세상은 우호적인 것으로 가득 차 있다. 당신이 마음먹기에 따라서 그렇다. 당신의 언어 수준은 늘 함량 미달이다. 어디서나 함부로 지껄인 탓에 사람은 좋지만 실없다는 소리를 듣는다. 나는 당신의 아내가 당신이 한마디씩 내뱉을 때마다 바늘방석에 앉은 것 같은 표정을 짓는 것을 알 수 있다. 뒷수습을 하는 것도 아내다. 잘못했다. 미안하다. 사람이 나빠서가 아니다. 수도 없이 소통의 언어를 날려야 사람들은 돌아선다. 돌아설 때 당신의 신뢰도 함께 돌아선다는 것을 알 것이다.

나는 당신의 가족사를 조금 들춰볼 생각이다. 놀이기구를 타려고 가족과 공원에 갔다. 아내는 뚱뚱한 몸을 이끌고 두 아이와 함께 등장한다. 당신은 갑자기 어디로 숨고 싶다. 아내는 몇 바퀴 돌고 숨을 헐떡이면서 돌아왔다. 롤러코스터가 주저앉지 않았나 봐. 술을 마시는 당신의 입술은 세상 물정을 모른다. '돈도 못 버는 주제에'라는 소리와 함께 불쌍한 영웅처럼 두들겨 맞는다. 또 나의 경험을 말하자면 나는 아버지처럼은 되고 싶지 않았다. 아이스크림을 입에 물고 코를 훌쩍거리면서도 종이에 붙은 영어 단어를 외우느라 아버지를 외면했다. 내가 그렇게 되는 것도 시간문제라는 것을 몰랐다. 빈대떡처럼 평평하고 압정으로 눌린 것 같은 안정된 생활을 원했다. 아버지는 장렬한 최후를 맞았다. 한 번은 일어서야 했지만 일어설 거라 믿었지만 그렇지가 못했다. 병원에서 심장병으로 죽어가면서 마지막으로 뱉은 말은 "어우, 너무 아프다"였다.

격투기는 우리가 알다시피 마우스피스로 입을 틀어막아버린다. 입을 닥치고 어찌해볼 도리 없이 때리거나 맞아야 한다. 선수들이 말을 할 때는 경기를 하기 전이나 끝난 후이다. 특히 경기를 하기 전에 상대의 기를 빼기 위해 아주 심한 말을 하기도 한다. 내 성질을 건드리면 집으로 돌아가기 어려울 것이다. 얼굴을 깔아 뭉개주겠다. 이렇게 공격적인 멘트를 많이 할수록 그들의 가슴은 공허하다. 여기에서 주의해야 할 것은 언어가 뛰어들 수 없는 격렬하고도 인정사정없는 세계가 바로 우리가 살고 있는 여기라는 것이다. 내가 여자의 다리 사이에 머리를 박고 서서히 조여들어오는 압박을 알면서도 목을 내어준 것처럼 누구나 알면서도 상대를 허용한다. 당신의 일상을 들여다보면 나와 다를 것이 없다. 넌덜머리를 내면서 결혼 생활을 유지하고, 회사를 다니고, 이를 갈면서 사랑을 한다. 당신은 누군가에게 혹은 무언가에게 가위를 눌리며 살고 있지 않은가? 목을 내밀어 얼굴이 하얗게 질릴 때까지 조여지면서도 왜 그런지도 모르지 않은가? 하지만 당신은 죽지 않을 것이다. 액션 배우들이 몸을 사리지 않는 이유는 죽지 않는다는 믿음이 있기 때문이다.

당신의 처절한 고통을 상대는 자신의 승리로 받아들인다. 하지만 그건 단지 왜곡하기 쉬운 감정이 만들어낸 환상일 뿐이다. 당신은 절대로 지지 않는다. 당신은 준비를 많이 해왔다. 무릇 싸움이란 조용할수록 격렬하고 파괴력이 무섭다. 그동안 어설피 주워들은 것은 많아서 병법도 꽤나 알고 있다. 하지만 결정적으로 당신은 내 편과 네 편을 구분하지 못한다. 아무나 벌렁 자빠뜨리다가는 선수 생활에 종지부를 찍는다. 뒤집기를 잘한다고 칭찬받지 못하는 이유다. 차라리 객석에서 피켓 걸의 엉덩이를 훔쳐보는 게 더 낫다. 라는 주문을 받는다.

또 주의할 것은 상대의 호흡과 호흡이 서로 교환되기 때문에 우호의 감정으로 발전할 수 있다는 점이다. 여자가 내게 베풀어준 호의들이 그렇다. 선수들은 그런 감정이 생기는 것을 두려워하게 된다. 마음이 약해지기 때문이다. 그들은 그런 감정을 없애려고 더 과격해지기도 한다. 세계 최강의 무술인이 된다는 것은 무조건 힘만 세거나 기술이 뛰어나다고 되는 게 아니다. 진정한 승리는 싸우지 않고 승리하는 것을 말한다. 그렇다고 싸우지도 않고 링 위를 빙빙 돌기만 해서는 안 된다. 옥타곤을 두른 철망 가장자리에서 쭈

뺏거리는 것은 싸우지 않고 승리를 얻기 위한 전략이라고 볼 수 없다. 맞지 않고 싸움에서 이기는 사람은 없다는 것을 명심하기 바란다. 어쨌든 당신은 경기장으로 복귀해야 한다. 야비한 함성을 들어야 싸울 마음이 생기지 않겠는가? 꺼져가는 불꽃의 심지를 다시 돋우고 소금물에 절인 오이 같은 얼굴을 들어 상대를 무시무시하게 노려보기라도 해야 할 것 아닌가. 그럴 때 당신은 이미 위대한 승리자다.

당신이 해고 통지서를 받던 날. 당신은 고개를 숙이고 흐느끼고 있다. 가느다란 손가락이 얼굴을 덮고 있다. 킬로틴초크를 당하는 자세로 목을 빼고 있다. 주위의 위로를 받으며 회사를 빠져나와 터벅터벅 도로를 걸어 나올 때 누군가 당신을 열심히 부른다. 차장님. 어디 가서 술 한잔해요. 사무실 미스 김이다. 미스 김은 평소 당신을 좋아했다고 고백한다. 긴 속눈썹이 너무 애절하고 가슴을 아리게 한다고 한다. 이런 순간이 올 줄 몰랐다. 마치 바닥에 눕혀져서 마구마구 파운딩 당하고 있을 때 쉬는 공이 울려준 것처럼 반갑고 행복하다. 난 돈도 없는데. 당신이 풀이 죽어 말하자 여자는 당신의 몸만 있으면 된다고 한다. 그러고는 격투기가 벌어지는 경기장에 데려갔다. 그다음 벌어지는 이야기는 앞에 썼다.

나는 여자가 문득 그리워진다. 내가 여자에게 목을 내어 맡길 때 여자는 진심으로 기뻐했다. 두 팔이나 다리로 목을 죄어 감으며 나의 고통을 자신의 고통으로 함께 느끼는 듯했다. 목숨을 걸어야 진정한 파이터가 된다고 그녀는 말했다. 삼각조르기를 하면서 우리는 서로가 동지가 된 듯했다. 나는 점점 강해졌다. 몸도 근육이 붙고 단단해졌다. 여자의 팔이 목을 죄어도 전보다 오래 견딜 수 있게 되었다. 여자가 그리워서 전화를 하면 자신은 매우 만족한 생활을 하고 있다고 했다. 결혼을 해서 한 남자의 아내가 된 여자는 다시는 나를 만나주지 않았다. 그 후에 어떤 여자를 만나도 만족할 수 없었다. 목을 졸라달라고 하면 열이면 열 다 이상한 사람 취급을 했다. 가끔 시키는 대로 해주는 여자들도 나를 행복하게 해주지는 못했다. 강도를 적당히 맞춰서 목을 누르고 눌렀다가 떼는 순간을 잘 모른다. 하마터면 병원에 실려갈 뻔한 적도 있다. 나는 괜찮다고 했지만 그 여자는 살인미수에 걸려들고 싶지 않다고 떠났다. 나를 천상으로 데려갔던 여자는 대체 내게 어떤 짓을 한 것일까? 그때의 그 쾌감을 다시는 한 번도 느껴보지 못했다. 한 번만이라도 다시 느낄 수만 있다면 얼마나 좋을까.

자기계발서 초고를 사내에게 보내주었다. 어디까지가 사실이고 허구인지 나 자신 구분이 가질 않았다. 종합격투기의 역사도 적고 현재 판도를 알 수 있는 흐름도 페이지를 장식했다. 한 번 맞았을 때의 자세와 두 번 맞았을 때의 자세는 어떻게 달라야 하는지도 갈피를 채웠다. 사내가 만나자고 했다. 가슴이 두근거렸다. 의뢰자와 제작자의 관계는 결과물의 성과에 달려 있다. 사내가 어떻게 받아들이고 만족하느냐에 따라 모든 것이 달라진다. 그는 계속 미소를 짓고 있었다. 무슨 생각을 하는지 알 수가 없었다. 표정과 말의 내용이 항상 다르다는 느낌이 들었다.

사내는 여자가 자신의 아내라고 했다. 선생이 말한 여자가 바로 제 아냅니다. 사내가 물었다. 글을 쓰면서 좀 강해지셨습니까? 강해지다니요. 지금 죽어가는 사람 때리는 것과 다를 바가 뭐요. 당신은 나를 모욕해서 강해졌다고 착각하고 싶은 거요? 내가 화를 내자 사내는 중얼거렸다. 아내가 부탁하지 않았다면 그런 일도 하지 않았고 당신을 몰랐겠죠. 난 진심으로 말하는 겁니다. 당신의 삼각조르기를 몰랐다면 정말 불행했을 거예요. 아내와 난 지금 행복하게 지냅니다. 특히 여자의 다리 사이에서 목을 눌리다가 하얗게 비워지는 순간에 말 못 할 쾌감을 느끼고 있다고 했다. 그리고 전보다 강해지고 용기도 더 생겼다고 했다. 원고는 폐기하든지 마지막 정리를 잘 해서 선생 이름으로 내든지 하세요. 돈은 다 지불하지요. 사내는 그렇게 말하고는 일어나 가버렸다.

사내는 없애라고 했지만 나는 한동안 이 자기계발서 초고를 손에서 놓지 못했다. 이 자기계발서는 사내를 위한 책이었다. 사내가 내게 부탁을 해서 쓴 것이니 사내의 이름을 걸어야 옳았다. 사내는 삼각조르기만 가져가고 나머지는 버렸다. 뒷걸음치던 자를 멈추게 하려는 나의 노력은 헛되이 물거품이 되었다. 사내는 내게 다시는 여자를 찾지 말라고 했다. 그래도 나로선 어쩔 수 없다. 사내를 원망하거나 여자를 미워하지 않는다. 경기장에서 격투기를 보면서 나를 위해 울던 여자는 어쩌면 나를 사랑했으리라.

노트북을 열어 사내로부터 메일이 와 있나 살펴본다. 사내로부터 온 것은 없고 스팸메일이 쌓여 있다. 하나둘 지우기 시작한다. 나도 될 수 있다면 지워버리고 싶다. '따라서 무엇보다도 페니스의 존재 목적은 자신을 확대시키는 발기에 있으니깐 이 부분에 대해서 집중적으로 알아둘 필요가 있다. 건전한 성생활이 국가발전에 도움이 된다. 저는 그렇게 믿고 있습니다. 고생과 인내 끝에 낙이 온다. 일반적으로 알려진 펌프질이나 테크닉이 아니다. 지푸라기라도 잡는 심정으로' 메일을 지운다. 이 글은 쓰레기가 아니다. 적어도 목적에 충실한 글이다. 내 이름을 쳐본다. 작가. 프리랜서. 작품으로『공중회전 두 번 하기』가 있고 사업 실패와 사기, 공금 횡령 등 물의를 일으키고 이혼하여 현재 은둔 중. 이렇게 말도 안 되는 정보를 올린 인간이 누구인지 모르겠다. 사기는 당한 것이지 내가 저지른 것이 아니었다. 공금 횡령도 월급을 안 주길래 수금한 돈을 받아 챙겼을 뿐이었다. 이런 쓰레기 정보를 유통시키는 자를 그냥 두면 안 된다. 모든 게 다 음모처럼 느껴진다. 갑자기 체급이 슈퍼헤비급인 상대를 마주보고 있는 것 같다. 온몸이 오그라드는 것 같다. 여자가 옆에 있어준다면 얼마나 좋을까. 여자의 다리 사이에 숨을 수 있다면 괴물이 나를 깔아뭉개지는 못할 것이다. 여자에게 삼각조르기를 당하다 죽는다고 해도 좋다.

집 앞 체육관으로 간다. 관장과 약속이 되어 있다. 체육관에는 운동 연습을 하는 사람이 없고 조용하기만 하다. 천장으로부터 길게 매달린 샌드백과 펀칭볼이 보이고 바벨 등 운동기구들이 널려 있다. 도로에 면한 유리창들에는 체육관 이름이 붙어 있다. 깔끔한 것이 이제 새로 오픈하는 분위기다. 운동기구들에서는 오랫동안 누군가의 몸에 힘을 불어 넣어주던 에너지가 느껴진다. 바닥은 나무로 되어서 넘어지거나 해도 큰 상처를 입지는 않을 것이다. 선수들은 상대의 타격에서 대미지를 입지만 외부 구조물에서는 큰 손상을 입는 일은 없다. 어쩌면 선수들보다 창밖에서 활보하는 시민들이 더 위험에 노출되어 있는 것도 같다. 사방이 시멘트와 콘크리트로 발려 있고 달려오는 자동차들도 위험하기 짝이 없다. 오히려 이곳이 안전할 수 있겠다는 생각이다.

문밖에 관장이 서 있다. 격투기를 배워보시겠다고요? 관장의 얼굴은 맷집왕 마크 헌트를 닮았다. 마크 헌트는 일반인보다 두개골의 뼈가 세 배 이상 두껍다는 마우이족의 후예라고 한다. 얼굴이 넓적하고 사람 좋은 웃음을 짓는다. 몸이 약해 보이시는데 건강은 좋으십니까? 나는 맷집왕도 때려눕힐 수 있다고 대답한다. 관장은 정말 그런지 보자고 하면서 일어선다. 나도 엉겁결에 일어서서 관장과 마주 선다. 관장이 마루를 발로 차면서 순식간에 태클을 걸어온다. 정신을 똑바로 차려야지 하는 순간 몸이 공간에 붕 뜨면서 바닥에 내리꽂힌다. 불이 번쩍하면서 암전된 것 같은 순간이 지나자 온몸이 쑤신다. 갑자기 자기계발서가 생각난다. 절대 긍정적인 자세로 맞아주라고 썼던가. 나는 긍정적이 되기 위해 입가에 미소를 짓는다. 관장이 몸을 일으켜준다. 이렇게 약해빠져 가지고 무얼 하려고 그러십니까. 한 육 개월 정도 배워야 체력이 붙겠는데요. 관장은 여자와 같은 말을 한다. 여자도 나를 약해빠졌다고 했다. 나는 마룻바닥에 앉아서 관장에게 말한다. 저, 관장님. 한 가지 부탁이 있는데요. 저한테 삼각조르기 기술을 걸어주세요. 관장이 어리둥절한 표정을 짓는다. 저기요, 그 기술이 어떤 건지 알고 싶어서요. 관장이 잠시 생각을 하는 듯하더니 삼각조르기를 한다. 여자와 달리 관장의 두 다리는 근육질이라 단번에 조르기에 들어간다. 머리가 하얘진다. 관장의 목소리가 텅 빈 머릿속에 메아리친다. 격투기를 정말 배워보시겠다고요? 하지만 나는 아무런 생각도 할 수 없다. 바로 이거야. 모든 게 다 꿈이지. 모든 게 다 꿈이야. 이게 현실이라면 말도 안 돼. 나도 모르게 탭을 친 후에 풀려 나온다. 관장은 시종 미소를 짓고 있다. 그 미소 뒤에 어떤 칼이 숨겨 있을지 몰라 나는 내내 숨을 몰아쉰다.

집으로 돌아와 노트북을 꺼낸다. 이제는 사내에게 거부당한 자기계발서 초고를 없앨 차례다. 사내를 위한 글이었으며 여자의 이야기였던 글. 나는 키보드에 손을 얹고 del 키를 누르기 위해 가느다란 손가락을 뻗는다. 뒷걸음을 치면서 살아온 나도 어딘가 공간 속으로 지워져간다.

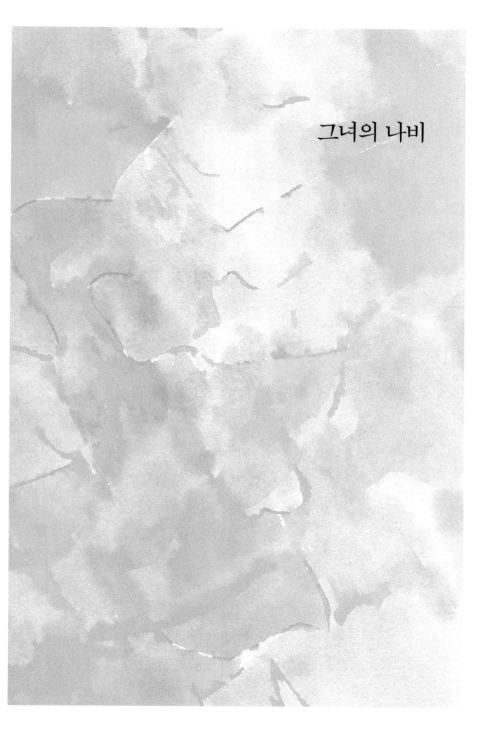

그녀의 나비

그녀의 나비

시료를 얹어놓고 클립으로 고정을 한다. 스무 개 남짓 모아진 것 같다. 대안렌즈로 눈을 가까이 들이댄다. 리볼버를 회전시켜 대물렌즈의 배율을 차츰 높여준다. 자칫하면 시료와 대물렌즈가 부딪칠 수 있으므로 눈금자로 잘 확인하면서 배율을 조정해야 한다. 현미경의 스코프에 눈을 대고 관찰할 수 있는 것은 무한하다. 무엇이건 재물대 위에 올려놓을 수만 있다면 그것이 가지고 있는 본래의 형태나 빛깔과 전혀 다른 것을 보게 된다. 핀셋으로 시료를 빼내 샘플 박스에 담는다. 이젠 더 이상 채집이 불가능해졌으므로 아주 소중히 보관하지 않으면 안 된다. 침대나 책상 밑 욕실 구석구석을 뒤져 찾아봤지만 더는 발견하지 못했다.

그녀는 떠났다. 단호한 표정을 지으며 헤어지자고 하지 않았고 다시는 오지 않겠다고 하지도 않았지만, 이것만큼 확실한 사건은 이제껏 없었다. 난 늘 나쁜 예감이 맞았다. 아버지가 돌아가셨을 때

나는 회사에 있었다. 오줌이 마려워 화장실에 갔다. 화장실에 뚫린 조그만 창으로 빛이 들어왔는데 갑자기 전율이 온몸을 뚫고 지나갔다. 바지 위에 오줌을 지릴 뻔하다가 간신히 정신을 차렸다. 그런 현상을 뭐라고 하는지 모르겠다. 암튼 누군가가 죽는구나 하는 나쁜 예감에 사로잡혔다. 그것이 나일지도 모른다는 생각도 들었다. 내가 죽는 것은 그다지 두려운 일이 아니다. 사는 것과 죽는 것은 늘 자각의 문제라고 생각해왔다. 그러기 때문에 내가 죽는다면 죽음을 사는 일일 것이라는 생각도 들었다. 자리에 돌아오자 전화가 걸려 왔고 아버지의 부음을 들었다. 사는 일은 늘 죽는 일인 것이다. 그뿐 아니라 많은 일들이 내 예감에 들어맞았다. 그러니 그녀가 떠난 것은 앞뒤를 생각해서도 분명한 사실일 것이다. 그리움 같은 말로는 표현할 수 없는 감정이 내 가슴을 옥죈다. 사랑이라면 얼마나 다행일까. 그녀의 얼굴도 잘 기억이 나지 않는다. 오로지 그녀의 나비만이, 그녀와 함께 날아가버린 나비만이 회한의 대상일 뿐이다.

그녀의 몸에서는 한 마리의 나비가 자라고 있었다. 날개를 활짝 편 나비 한 마리. 숨을 고를 때마다 나비는 날아오를 듯 날아오를 듯 안타까운 날갯짓을 하는 것이었다. 좌우 양쪽의 치모가 겹치듯이 똑같았다. 나비의 날개처럼 가운데가 들어가고 음부 쪽으로 들어가서는 작은 날개의 모양을 하고 있었다. 제멋대로 뭉쳐 있는 치모들은 많이 봤지만 이렇게 가지런하고 윤기가 흐르면서 나비 모양을 한 것은 보지 못했다. 한 올 한 올이 나비와 나비의 골격인 맥을 이루는 것처럼 보였다. 그러고 보니 거대한 나비가 될 것도 같았고 작은 나비들이 수만 마리나 모여 앉은 꼴인 것도 같아 보였다. 내가 그녀에게 빠져든 것은 그때였다.

그녀를 처음 만났을 때 나는 구청의 지적과 주사였다. 명함을 갖고 다닐까 생각해봤지만 그런 건 의미 없는 일이라는 생각이 들었다. 받자마자 쓰레기통으로 직행할 수도 있고 지하철 계단 밑에서 뭇 사람들의 발길질을 당할 수도 있다. 만약 명함을 만든다면 이렇게 쓰고 싶다. 웃기지 마. 놀고 있네. 이런 말들이 적혀 있는 명함을 받으면 사람들은 얼굴이 달아오르고 날 쏘아보겠지. 당장 찢어 발기겠지만 난 오래 기억되는 사람이 될 순 있겠지. 미움을 받는 것만큼 사람들에게 기억의 되새김을 받을 수 있는 일이 뭐가 또 있나. 노벨상을 받는다, 우주를 유영한다, 백만장자가 된다, 그런 사람들도 누군가의 미움에 의해 향상된 때문이다. 지독하게 미워하는 누군가가 있고 시기하고 질투하는 무리가 있어 그 반사의 힘이 그들을 정상으로 끌어 올린다.

어렸을 때 선천성 소아마비를 앓고 난 후부터 난 미움의 대상이 되었다. 보이지 않는 미움. 어머니의 낭패한 시선. 아버지의 외면과 잦은 외박. 형의 눈에 빤히 보이는 친절. 무엇보다 왼쪽 다리가 오른쪽 다리를 몹시 거북해하고 미워한다는 거였다. 땅으로 꺼질 듯 질질 끌리며 따라오는 다리를 왼쪽의 다리는 기다리지 못하고 화를 내면서 질타를 했다. 너 계속 그럴 거야? 그냥 안 둔다. 빌어먹을 놈의 다리 때문에 나까지 욕먹네. 그런 식으로 미워하자 난 외출을 삼 갔다. 집에 틀어박혀 있는 때가 많았다. 어머니는 안심이 되는 것 같아 보였고 아버지는 여전히 출장이다 뭐다 해서 집에 없는 날이 많았다. 아버지가 돌아가셨을 때 나는 조금 안심이 되었다. 날 미워하는 사람이 한 사람 줄었다는 생각이 들었었다. 하지만 어머닌 전혀 다른 생각을 하고 있다는 것을 알았다. 늘 밖으로 돌아다니는 일을 하다가 그리되셨고 그게 다름 아닌 나 때문이라고 생각하는 듯했다. 그 생각을 돌려놓을 방도가 내겐 없었다. 어머니에게 난 어디까지나 죄인일 수밖에 없었다.

늘 책꽂이 구석에 꽂혀 있던 내셔널지오그래픽의 지도를 펼쳐본다. 지도의 축소판에 고개를 떨어뜨리고 그녀가 날아가버린 곳이 어디일까를 가늠해본다. 이 한 장의 축소판에 그녀는 있을 것이 분명하다. 그러나 현미경으로 들여다볼 수 있는 것이 아님이 아쉬울 뿐이다. 종이의 재질이 얽혀 있는 모습을 볼 순 있겠지만 그녀가 있는 곳을 말해줄 순 없다. 잡지를 넘기자 화성 탐사선 스피릿과 오퍼튜니티가 보인다. 외로운 탐사를 계속하다가 스피릿이 결국 수명을 다하고 우주의 공간 속으로 사라져가고 있다는 소식이다. 우주에서 생물체의 존재를 찾아다니는 인간의 눈물겨운 노력이 보인다. 잡지를 넘기다가 가위로 종이의 귀퉁이를 자른다. 글자가 있는 종이를 재물대 위에 올려놓아본다. 사랑의 '사' 자다. 현미경이 물체의 상을 확대하는 원리는 대물렌즈에 의해 확대된 상을 접안렌즈로 다시 확대하는 것이다. 아름다움은 거리에서 나온다. 빛과 현미경의 거리, 경통을 통과해서 내 눈에 비치는 상과의 거리, 나와 그녀의 거리. 거리의 간격을 잘 맞추지 못하면, 즉 초점을 상실하면 모든 게 사라진다. 물체와 대물렌즈 사이의 거리가 조금만 변해도 제대로 된 상을 보기 어렵다. 약간의 비걱거림이 있어도 어긋나버린다. 결국 나와 그녀의 관계도 이런 보이지 않는 비걱거림이 원인이었던 것이 아닐까? 서로를 정확하게 보지 못하고 엉뚱한 모습을 비춰 바라본 건 아닐까. 그래서 그녀와 난 다른 사람이었던 건 아닐까. '사' 자의 확대된 상은 배율을 달리함에 따라 또렷하고 선명하지만 글자가 아닌 물체로 환속된다. 이 속에서는 '사' 자는 사라지고 종이 펄프의 억센 입자가 검은 잉크에 먹혀든 낯선 세계가 보인다. 더 확대하면 펄프의 공간 사이가 멀어지면서 우연처럼 던져진 별들이 보인다. 그 별들의 공간에 내가 놓여 있는 것이 아닌가 하는 생각도 든다. 대안렌즈에 디지털카메라를 장착해놓았었다. 삼안 현미경이다. 비춰진 상을 카메라로 찍어 컴퓨터에 저장해두었다. 그녀의 나비는 이미 여러 컷 저장해두었다. '사' 자도 카메라의 렌즈를 열고 찍는다. 짤깍 하는 순간 죽음이 열렸다 닫힌다. 나는 그녀를 어디에서 찾을 수 있을까.

그녀는 구청에 서류를 가지러 왔었다. 얼굴은 평범했고 특징이 없었다. 두 번째 왔을 때 그녀는 나에게 이상한 눈짓을 보냈다. 약간 찡긋하는 것도 같았고 미소를 띤 것도 같았다. 나에게 이런 눈길을 주는 여자는 없었다. 내 다리를 보는 순간 모두 달아나버렸다. 내가 일부러 일어나 걷는 모습을 보였는데도 그녀는 여전히 관심을 보였다. 여자가 달아날 수 있는 여러 통로를 주었음에도 끈질기게 달라붙었다. 퇴근 시간에 그녀는 내 차가 서 있는 곳으로 왔다. 저, 할 말이 있어요. 그녀가 내게 바짝 붙으며 말했다. 너무 거리가 좁았으므로 몸이 부딪히는 게 아닐까 하는 걱정이 되었다. 여자는 예쁘지는 않았지만 고양이처럼 귀여운 구석은 있었다. 양 눈 가장자리가 약간 치켜 올라가 있고 입술도 얇은 데다 끝을 올리고 있었다. 다른 동료들의 시선을 받지 않기 위해 우선 그녀를 태우고 거리로 나왔다. 여자를 태우고 어딘가를 가는 일은 거의 없었다. 사무실의 동료 여직원을 태우고 다른 구의 구청에 가서 자재를 빌려오는 일은 있었다. 퇴근을 도와주는 일도 어쩌다 있었다. 그때도 마음 한구석 뿌듯한 기분이 되는 것이었다. 그러니 나에게 호감을 갖고 있는 여자와 함께 차를 타고 있는 기분이란 실로 말로 다 할 수 없는 것이었다. 그녀는 내가 다리를 절고 있는 것을 알고 있고 그것이 뭐 대단한 일이 아니라고 말해주었다. 보이는 것이 다는 아니라는 말도 함께 했다. 보이는 것이 다는 아니죠. 보이지 않는 세계가 얼마나 많은데요. 그것의 반의반도 보지 못하고 사람들은 죽어버려요. 그러고 보니 그녀가 달리 보였다. 가볍게 펄펄 날린다는 느낌이 어디론가 사라지고 머리 위에 무게가 나가는 물건을 얹은 것처럼 묵직한 맛이 느껴졌다. 값싼 이미테이션 목걸이도 빛이 나 보이고 굽이 닳아 딸각 소리를 내던 구두도 신데렐라의 유리 구두같이 보였다. 그만큼 내가 나를 미워하고 있었던 건 아니었을까. 미워한 나머지 누군가가 얄팍한 동정의 손을 내미는 것을 덥석 잡아버리는 뻔한 실수를 자행하는 게 아니었을까. 그래서 속고 또 속는다는 말이 있을 것이다. 하지만 그때의 나는 그게 다름 아닌 함정이라 해도 좋았다. 무언가에 빠져들어 흔적도 없이 매몰되어버리고 싶은 때가 있는 것이다.

그녀는 내가 혼자 살고 있는 집으로 가방 하나 달랑 들고 왔다. 뭐가 들었어? 하면서 내가 가방을 보려 하자 그녀는 휙 낚아챘다. 알아서 뭐 하게요. 그러더니 마치 소중한 무엇이 들었다는 듯이 손바닥으로 여행용 가방의 거죽을 쓸었다. 그녀가 온 다음부터는 거리의 여자를 살 필요가 없었다. 날마다 즐거운 게임을 하듯이 새로웠고 신기하기만 했다. 그녀의 몸을 더듬고 있으면 휘발성이 강한 물체와 닿은 기분이었다. 날아가버릴 것만 같아서 꼭 붙잡지 않으면 안 될 것 같았다. 내가 현미경으로 미세한 조직들을 관찰하는 것을 보고는 쿡쿡 웃어댔다. 자, 이거 좀 봐줘요. 하면서 내게 불쑥 내민 것은 그녀의 치모 한 가닥이었다. 금속판의 무늬를 보고 있던 나는 좀 놀랐다. 손톱 끝에 떨고 있는 건 꽃잎이나 나뭇잎 따위가 아니었다. 잠자리 날개나 파리의 주둥이를 관찰하던 때도 있었다. 일반 현미경으로도 이런 정도는 내가 원하는 이미지를 포착할 수 있다. 원자의 배열이나 구조를 알려던 것이 아니다. 그런 것은 내가 알 필요도 없고 알 수도 없다. 단지 내가 찾는 것은 일반 물질들 속에 있을 또 다른 질서와 형태다. 여자가 건네준 시료를 받아서 재물대 위에 얹었다. 여자가 다가와서 책상 위에 엎드렸다. 대안렌즈 20배, 대물렌즈 10배, 총 200배 배율에 할로겐 백색광의 조명을 켜고 필터를 꽂았다. 특정 파장만을 통과시키기 위해서다. 치모는 균일하지 않다. 군데군데 상처처럼 홈이 파여 있다. 중간중간 대나무의 마디 같은 사선도 보인다. 더 확대하면 단백질의 섬유질이 겹을 이루는 것을 볼 수 있다. 여자는 자기도 보겠다고 머리를 디밀었다. 흥, 별거 없네. 그러면서 다시 침대로 되돌아갔다.

집에 칩거하다시피 살아온 내게 유일한 취미가 있다면 현미경을 들여다보는 일이다. 사실은 고래처럼 자라 있는 미움의 덩이를 보고 싶었는지 모른다. 그 뿌리가 내 안 어디까지 뻗쳐 있는지, 응축된 그것의 형태를 알아내고 싶어 했는지도 모른다. 코딱지도 확대해보았다. 지금은 그런 짓을 하지 않지만. 별명이 코딱지인 친구가 있었다. 그는 늘 콧구멍을 쑤시고 다녔다. 학교 정문에 세워진 이순신 동상을 보면서도 코를 후볐고 선생님의 호명에도 코를 쑤시며 일어섰다. 자연스럽게 별명이 코딱지가 되었는데 어느 날 집의 벽이 무너지면서 깔려 죽고 말았다. 아이들이 코딱지가 죽었다고 했다. 코딱지는 사라졌고 다시는 볼 수가 없었다. 확대한 코딱지는 사람을 전혀 닮지 않았다. 그런 게 사람의 몸에서 나온다는 건 기적 같은 일이다. 사람의 몸에서 나오는 그 어떤 것도 사람과 연관이 부족해 보였다. 내 정액을 받아 확대해보았다. 400배율 정도로도 볼 수 있다. 난 내 정액이 어떤 병균에 노출돼 있는 건 아닌지 심히 걱정스러웠다. 내가 알지도 못하던 때 내 몸에 바이러스가 몰래 들어왔듯이 말이다. 내가 알고 모르고는 중요하지 않다. 그런 것을 따져가며 행복과 불행이 와주지 않으니까. 그녀는 어느새 잠이 들었다.

언제부턴가 그녀의 외출이 잦아졌다. 함께 산책하는 것조차 눈치를 봐야 했다. 나와 함께 산책을 하는 일은 그녀에겐 고역일 테지만 나에겐 더할 수 없는 행복이었다. 처음엔 아무런 내색도 하지 않다가 점차로 짜증이 심해져갔다. 혼자 가라고 노골적으로 말하기 시작했다. 어느 날은 얼굴에 홍조를 띠면서 작은 목소리로 말했다. 돈 좀 줘요. 다리미가 고장이 났어요. 도대체 돈이 필요할 때마다 타서 쓰자니 미치겠네. 난 그녀가 돌아버릴까 봐 걱정이 되었다. 아예 신용카드를 맡겨버렸다. 필요한 것들을 사라고 했다. 살림이 점차 늘었다. 다리미 정도는 아무것도 아니었다. 쓸데없는 물건들이 쌓여갔다. 내가 나무라면 그녀는 돈 주고 산 물건들을 내던졌다. 차라리 아무 말도 하지 않는 게 상책이었다. 도무지 손쓸 방법이 없었다. 그녀는 내 신용카드로 대출까지 받아 썼다. 결제일이 다가오면 카드로 돌려 막기까지 했다. 그러면서도 나는 그녀를 놓아버릴 수 없었다.

폴더를 열어 이미지 파일을 본다. '사' 자도 사랑이라는 파일명으로 저장했다. 이미지 캡처 보드와 전용 소프트웨어를 설치해두었다. 그러면 카메라로 찍은 사진을 컴퓨터에 저장해놓고 확대해서 출력할 수도 있다. 벽에도 여러 가지 사진을 걸어놓았다. 개미의 주둥이, 얼음의 결정체, 금속판의 기하학적인 무늬 따위다. 물론 다른 사람들이 공개한 이미지도 많이 있다. 내가 확대한 이미지를 현상한다는 데 의미가 있다. 그러다 보면 다른 사람들이 보지 못한 무늬나 형태를 볼 수도 있다. 아름다운 것을 찾는 것이 아니다. 여기

꽃잎이 있다고 치자. 붉고 야들야들한 꽃잎을 보고 있으면 누구라도 기분이 좋아지고 사랑의 마음이 일게 된다. 그것을 확대해보면 가늘고 수많은 실핏줄 같은 잎맥이 보인다. 더 확대해보면 수많은 잎맥은 단순하고 기하학적인 표상이 될 뿐이다. 이걸 아름다움이라고 해야 하나?

나는 울었다. 여자 앞에서 눈물을 흘리며 애원했다. 떠나지 말라고 떠나지만 않으면 원하는 대로 다 주겠다고. 정말이야? 그녀는 악녀처럼 미소 지었다. 여자는 내 손을 잡고 처음으로 입을 맞췄다. 그녀의 손에 집을 저당 잡힌 돈을 쥐여주었다. 그녀는 눈에 광채를 내며 좋아했다. 그러고는 의무를 다한다는 듯이 침대 위로 올라갔다. 나는 몰랑몰랑한 솜사탕이 쥐어진 아이처럼 조심스럽게 그녀를 더듬었다. 짓이겨버리고 싶었다. 곤충의 날개를 관찰하고 나머지 몸통을 휴지로 짓이겨버렸듯이 망가뜨리고 싶었다. 그녀는 아무런 반응이 없었다. 무심하고 건조했다. 오로지 그녀의 나비만이 흔들리며 반응했다. 한 마리 나비 위에 누워 있는 듯 짧은 한숨이 터져 나오면서 날아가는 듯했다. 날개를 너울거리면서 공간에 모아지다가 흩어지기를 반복한다. 가벼운 듯 힘겨운 날갯짓이다. 항해는 어느덧 끝나고 나비의 팔랑거림은 이내 어느 꽃잎의 수술에 닿고 살포시 날개는 접힌다. 어느 한순간도 거칠거나 난폭하지 않았다. 여자는 그제야 두 팔로 나를 감싸 안아준다. 어떤 자비가 이보다 더 안온할 수 있을까? 어떤 행복이 이보다 더할 수 있을까? 한 마리 나비 위에서 노니는 기분이란……

그녀는 또 나갔다. 한쪽 구석에 있던 가방을 열어보았다. 그녀를 알 수 있는 어떤 것도 들어 있질 않았다. 책이나 노트 같은 것도 없었고 전에 살던 주소지도 알아낼 수 없었다. 이름조차도 본명인지 알 수 없었다. 김혜선. 그녀가 누워 있던 침대 위에 떨어져 있던 나비를 하나 집어 들었다. 유일한 진실이 있다면 그건 실물이다. 손에 잡히는 것이 아니면 믿을 수 없다. 내가 현미경으로 보는 것은 진실이 아니다. 진실에 가까운 허상이다. 하지만 속임수도 아니다. 왜냐면 샘플을 만질 수는 있기 때문이다. 나는 욕실에 떨어져 있는 것도 하나 주워서 샘플 박스에 담아두었다. 그녀가 나갈 때마다 하나씩 주워 담았다. 그녀의 나비를……

　출근을 하자 과장이 오라고 했다. 과장과는 벌써 오 년째 함께 근무해오고 있었다. 그래서 그는 누구보다도 내 마음을 잘 이해해주고 있었고 배려도 잘 해주었다. 그는 좀 화가 난 듯했다. 자네 누구와 함께 지내나 본데 말이야. 소문이 벌써 났지. 아니, 그럼 아무도 모를 줄 알았나? 조심하게. 자네가 너무 순진해서 말하는 거니까 오핸 말구. 과장의 말로는 무슨 룸살롱 같은 데서 본 사람이 있다는 거였다. 믿기지 않는 말이었다. 모든 여자는 창녀의 기질이 있다고 들었다. 하지만 그녀는 아니다, 아니다, 아니다. 나는 구청 청사의 한 구석에 앉아서 창문 밖을 내다보았다. 가을을 여는 소나기가 내리고 있었다.

　여자의 뒤를 알아보았다. 심부름센터에서는 소소한 것까지 알아다 주었다. 만약 돈을 더 지불했으면 그녀의 어릴 적 친구들 명단도 알아올 판이었다. 그녀의 고향은 김포라고 했다. 그녀의 부모는 그 너른 땅의 한 조각도 소유하지 못했으며 아버지는 일찍 병으로 죽었다고 했다. 그다음은 불행이 여자의 그림자처럼 따라다녔다는 이야기였다. 그런 이야기를 듣고 있자니 여자는 내가 아는 사람이 아닌 것처럼 느껴졌다. 섬으로 팔려갔었는데 어떤 사람의 도움으로 나왔다는 말도 들었다.

다이아몬드 나이프로 금속을 자른다. 금속을 금속으로 자르는 일은 매우 까다롭다. 나이프의 날이 상하지 않도록 신경을 집중한다. 알루미늄 같은 무른 금속은 표면이 밀리지 않도록 코팅을 해준다. 전 처리 과정이 있어야 금속의 무늬를 볼 수 있다. 빛이 통과하는 거리를 좁혀주지 않으면 시료를 제대로 볼 수 없다. 얇게 썰어서 최소화한다. 전자현미경과 다이아몬드 나이프는 가격이 만만치 않다. 금속 전문가는 아니지만 이미지 파일을 만들기 위해 이것저것 도구들을 구입해놓았다. 처음에는 동물 또는 식물들의 단면이나 암석 등의 구조를 보았는데 점점 금속 쪽으로 취미가 옮아갔다. 그림을 감상할 때 추상화를 보는 것처럼 보면 된다. 아무런 가식도 없이 떠오르는 이미지 그대로 그려놓은 그림들을 얇게 저민 금속의 박판 속에서 본다. 새로운 무늬를 보면 기분이 아주 좋아진다.
그녀와 함께 산책을 나갔을 때였다. 나는 산책을 할 때마다 포충망을 들고 나간다. 잠자리나 나비, 그 밖의 다른 곤충들을 잡기 위해서다. 불편한 몸으로 나비를 잡겠다고 덤비는 나를 그녀는 못 마땅한 눈으로 바라보았다. 가만히나 있지. 공원의 풀밭 속에서 무언가가 기어가거나 날아가는 것을 보던 나는 좀 의기소침해졌다. 그렇게 폴짝거리면 다들 쳐다보잖아. 애들도 아니고 벌레는 잡아서 뭐 할 거야? 그녀는 이어폰을 귀에 꽂고 음악을 들으며 말했다. 내가 하는 말은 잘 들리지 않는 듯했다. 내가 하고 싶은 말. 바람에 대해서, 숲의 정령에 대해서, 또는 나무에 붙어사는 벌레들에 대해서. 그런 것들엔 관심이 없는 듯했다. 할 수 없이 가만히 앉아 있었다. 진한 흙냄새와 풀 향기가 옷 속에 스며들었다. 아릿하게 콧속으로 스며드는 냄새를 맡으면서 나뭇잎이 흔들리는 것을 바라보았다. 나뭇잎들 사이로 햇빛이 부서지면서 다양한 무늬를 만들고 있었다. 언제까지나 이렇게 새로운 무늬를 바라보면서 앉아 있고 싶었다. 이러려고 나오자고 했어? 이렇게 가만히 앉아 있기만 하려면 왜 나오자고 했는데? 그녀는 갑자기 이어폰을 빼며 소리쳤다. 화가 단단히 나 있었다. 어떻게 풀어주어야 좋을지 감이 잡히질 않았다. 메뚜기 한 마리가 풀 속에서 튀어나왔다. 메뚜기의 눈을 보고 싶어졌다. 살아 있는 채로는 불가능하다. 메뚜기를 작은 조각으로 분해해야 한다. 눈 부위를 도려내서 고정과 탈수의 과정을 거쳐야 한다. 그래야 형태를 온전히 보전할 수 있다. 메뚜기의 눈은 작은 가시 같은 섬모들로 뒤덮여 있다. 그 섬모들이 외부의 병원균 따위를 막아줄 것이다. 파리의 눈을 확대하면 작은 공들이 여러 개 모인 이미지를 보여준다. 맛있는 음식을 바라볼 때처럼 즐거웠다. 그러는 사이 그녀는 어디론가 사라졌다. 공원의 이곳저곳을 찾아다녔지만 어디에도 없었다. 온몸이 땀으로 젖어들었다. 바지는 온통 흙으로 뒤범벅이 되었다. 마비된 다리는 모처럼 많이 걸었던 탓에 묵지근하고 골반 뼈가 쑤셨다. 기진맥진해서 집으로 돌아오자 그녀는 저녁을 차리고 있었다. 옷은 왜 그래? 어디에서 넘어진 거야? 하여튼 맘에 안 들어. 밥을 먹는 내내 그녀는 나를 보고 웃어주지 않았다. 하지만 따뜻한 저녁을 함께 먹을 수 있다는 것만으로도 좋았다. 눈물이 한 줄기 흐르는 것을 몰래 닦았다. 감동에 젖어 가슴이 먹먹해졌다. 집에 들어와준 것이 그렇게 고마울 수가 없었다. 더구나 내 걱정을 많이 해주고 있는 데는 감격하지 않을 수 없었다. 밤에 잘 때는 너무 피곤해서 그녀의 위에서 엎어져버렸다.

그녀가 누군가와 만나고 있었다. 심부름센터의 남자는 내게 세세히 말해주었다. 누구와 어디에서 무엇을 하고 있는지 침을 튀기면서 이야기해주었다. 그곳을 찾아가는 방법까지 손가락으로 그려가면서 말했다. 아, 이차선 도로예요. 아주 좁다니까요. 삼백 미터쯤 가서 우회전하세요. 아니, 아니 이정표가 있어요. 거기서 바로 보여요. 가보면 알아요. 그의 표정은 비장했다. 나보다 더 흥분해서 날뛰고 있었다. 같이 가드릴까요. 아뇨, 됐어요. 그러자 그는 답답하다는 얼굴로 말했다. 혼자 가면 안 됩니다. 절대로. 하지만 나는 그곳을 가지 않았다. 가지 않고도 알 것 같았다. 그 남자의 얼굴에 다 있었다. 그렇게 표정 풍부하고 많은 걸 담고 있는 얼굴을 보지 못했다. 나도 덩달아 흥분이 돼서 내 문제가 아닌 것처럼 웃고 있었다. 갑자기 즐거우면서도 멜랑콜리한 생각이 전신을 감았다. 그녀가 오면 파티를 열자. 프랑스산 와인을 한 병 주문하고 그녀가 좋아하는 치즈 무스 케이크를 준비하자. 늘 갖고 싶어 했던 칵테일 목걸이를 미리 호주머니에 넣어두어야지. 그녀가 케이크를 한 입 베어무는 순간 아무것도 아닌 듯이 불쑥 내미는 거야. 그녀는 감탄을 연발하겠지. 아니, 너무 쉬운가? 아무도 생각하지 못한 이벤트라야만 하는데. 아, 그거야. 나비 모양의 와인, 나비 모양의 케이크, 나비 모양의 보석을 미리 준비하는 거야. 내가 사랑하는 그녀의 나비를 위해서.

직장을 그만두었다. 퇴직금으로 빚을 갚아야 했다. 그녀와 나는 낮은 저지대 아파트로 이사를 가야만 했다. 그녀는 열심히 이삿짐을 날랐다. 이마에 송골송골 땀이 맺혀 있었다. 그녀를 의심하다니. 저렇게 다정다감한 여자를. 사랑스러움이 뚝뚝 묻어나는 여자를 미워하다니. 내 자신이 한심스러워 보였다. 이삿짐을 옮긴 후에 그녀와 나는 모처럼 깊은 잠을 잘 수 있었다.

그날 밤 누워 있는 그녀의 다리 사이에 카메라를 갖다 대자 그녀는 조용히 다리를 벌려주었다. 몇 번을 부탁한 후에 그녀가 허락해주었다. 그녀는 기분이 좋은 것 같았다. 뭐가 좋은지 왜 좋은지 알 수 없었다. 때로는 마구 화를 내고 때로는 눈을 녹일 듯 따스했다. 카메라에 접사기를 끼웠다. 이 센티미터 이내의 근접거리를 찍을 때 초점을 놓치지 않기 위해서다. 렌즈를 바꾸고 다섯 컷의 사진을 찍었다. 가까이 다가가자 그녀는 근질근질한지 깔깔대고 웃었다. 사진을 찍을 때 얼굴도 한 컷 찍어둘걸 하는 생각이 들었다. 하지만 그건 그녀가 용서하지 않았을 것이다. 아무것도 남기지 않고 다니는 여자였으니까. 사진을 찍어서 이미지 파일에 섞어놓았다. 확대하지 않고 가까이 카메라에 옮겨 찍었기 때문에 아무도 그게 뭔지 모를 것이다. 그리고 밑에 '나비'라고 파일명을 정해주었다.

심부름센터의 남자를 거의 매일 불렀다. 그녀가 나가고 없는 동안은 초초해서 견딜 수 없었다. 아니, 이렇게 살 거면 왜 날 부릅니까? 다리몽둥일 부러뜨리고 연놈을 박살을 낼 게 아님 왜 자꾸 알려고 하는데요. 그는 내가 한심한지 그들을 향해 욕지거리를 멈추지 않았다. 어느 날은 퇴근도 하지 않고 나와 함께 밥을 먹고 잠을 잤다. 남자는 그녀의 행적을 알아보러 다니는 대신 내 옆에 붙어 있었다. 왜 안 나가냐고 물어보면 내가 불쌍하니 말벗이 돼주는 게 더 좋을 것 같다는 말을 하면서 술만 마셔댔다. 이 일도 못 해먹을 짓입니다. 불륜을 캐다 바치는 직업이 어디 직업입니까? 집만 나가면 다른 짓들을 상상하니 이 세상 어디 믿을 게 있어야지요. 한날은 내 마누라까지 미행하지 않았겠어요? 얼마나 내가 의심이 많아졌는지 모를 겁니다. 아닌 게 아니라, 이 여자 어느 모텔로 들어가지 뭐요. 그년을 얼마나 족쳤는지 몰라요. 남자는 술을 마시면서도 입을 계속 놀려댔다. 벽장 속이나 모서리 테이블에 카메라를 장착하고 그걸 보면요. 기가 막혀요, 기가. 뭐가 기가 막힌다는 건지 모를 일이다. 내가 그녀의 나비에 입을 맞추는 것보다 더 기가 막힌 일이 뭘까. 나는 아주 궁금해졌다.

그녀는 아예 들어오지 않았다. 나도 술을 마시기 시작했다. 한 잔만 마셔도 속이 메스꺼웠다. 술을 사러 밖으로 나왔다. 한낮의 태양이 아파트 화단에 내리쬐었다. 나무 그림자 아래 앉아서 햇빛이 차츰차츰 각도를 달리하면서 비추는 것을 멍한 눈으로 바라보고 있었다. 어째서 사람의 마음은 그토록 움직이지 않을까. 아무리 정성을 다해서 애정을 주어도 소용이 없는 걸까. 어떻게 하면 저 빛들 속에서 우리가 알지 못하는 순간에 거대한 우주가 태어나고 자라는 것을 함께 속삭여볼 수 있을까. 아주 작아서 보이지 않는 것들 속에서 눈이 생기고 손가락이 슬금슬금 돋아나고 앙증맞은 입술이 비죽이 벼슬을 세우는 것을 말이다. 우주에서 날아온 운석의 무늬를 보고 싶어졌다. 화성 탐사선 오퍼튜니티는 어디쯤에서 모래바람을 맞고 있을지 궁금해지기도 했다. 지구와 힘겹게 교신을 하면서 가쁜 숨을 쉬고 있겠지. 그들이 보내준 영상들은 해독하기 힘들겠지만 누군가는 그것을 위해 밤을 밝히고 있을 것이다. 그녀를 사랑했던 나의 마음은 어떤 무늬였을까? 미움도 빛깔이 있고 형태가 있다면 어떤 것일까? 나는 그런 것을 알고 싶었을까? 여자와 함께 현미경을 보았던 때가 생각나서 눈물이 흘렀다. 사람들이 지나가면서 흘끔거리며 나를 쳐다보았다.

심부름센터의 남자에게 편지를 한 장 써서 그녀에게 전해주길 부탁했다. 남자는 편지를 받아들고 자기가 먼저 읽어보는 것이었다. 사랑하는 당신. 내게 돌아와주오. 난 당신이 없는 세상에서. 이 부분에서는 눈물이 앞을 가렸다. 이토록 유치하고 상투적인 낱말들을 늘어놓아야 한단 말인가? 하지만 달리 무슨 말이 떠오르지 않았다. 제발 부탁이오. 모든 것을 잊고 다시 시작해봅시다. 말을 길게 이으려 해도 가슴만 답답할 뿐이었다. 그녀가 다시 돌아와줄 거란 믿음이 있었다.

그녀는 나를 찾아왔다. 남자의 편지를 받아들자마자 찾아온 것 같았다.

"얼마나 알아냈어? 그 작자를 시켜서 그래 뭘 알아냈어? 당신은 나를 알 수 없어. 절대로 내가 누군지 알 수 없을 거야. 당신은 늘 나를 똑바로 보지 못해. 언제나 정면으로 날 보질 않아. 당신의 눈은 언제나 나를 비껴 다른 곳을 향하고 있는 것 같아. 차라리 그것이 당신 자신이었으면 좋겠다는 생각도 했어. 그러면 당신이 원하는 것이 무엇인지 언젠가는 알 수도 있겠지."

여자는 내가 두려워서 말도 못 하고 떨고 있는 것을 보면서도 아무런 동요도 없었다. 올 때처럼 가방 하나만 손에 들고 영원히 돌아오지 않을 것 같은 눈으로 나를 바라본 후에 가버렸다. 가슴속에 슬픔이 넘쳐흘렀다. 하지만 그녀가 다시 돌아올 거라는 믿음은 버리지 않았다. 언젠가는 내게 돌아올 여자였다.

아무 생각도 없이 날이 지났다. 현미경을 들여다보는 일도 드물었다. 하루하루를 여자를 그리는 것으로 흘려보냈다. 남자로부터 그녀가 죽었다는 소식을 들었다. 벌을 받은 게지. 남자는 벌이란 말을 자주 했다. 하지만 그녀가 벌을 받을 만한 무엇을 했단 말인가? 난 그녀를 아직도 사랑하고 있었다. 죽을 만큼 잘못한 일이 대체 무어냔 말이다. 나는 가슴속에서 억장이 무너지는 소리를 들었다. 남자가 말리는데도 병원으로 달려갔다. 그녀의 시신은 볼 수도 없이 꼭꼭 숨어 있었다. 병원 영안실에는 낯선 남자와 나이 든 여자가 앉아 있었다. 그들은 내가 다가가자 이내 나를 알아보는 것 같았다. 무표정한 남자의 얼굴엔 경련이 일었다. 동생이라고 했다. 영정은 학창 시절의 사진인 듯 어려 보였다. 사진 속에서 가끔 웃어주던 미소 띤 얼굴을 하고 있었다. 나비의 입을 확대하면 나선형으로 되어 있다. 다른 곤충들의 입은 톱니처럼 날카롭게 비죽이 솟아나 있는 반면 나비는 돌돌 말린 곡선의 형태를 띤다. 그녀의 미소는 부드럽게 입 가장자리가 말려 올라가 있다. 그런 미소를 어쩌다가 한 번 볼 수가 있었다. 이제 그런 미소를 가지고 가길 바랐다.

　병원 밖에서 기다리고 있던 남자는 내가 나가자 주위를 살폈다. 아무도 없던가요? 아무도 없겠습니까. 가족들은 있습디다. 그러자 남자는 걸음을 재촉하면서 말했다. 남자가 있지요? 그 여자와 놀아나던 놈일 겝니다. 그 여잔 내가 치근거려도 좋아하던데요. 밤에 술을 잔뜩 먹고 흐느적거리는 걸 차도 쪽으로 확 밀어버렸어요. 하필 그때 차가 지나고 있지 뭡니까? 나는 남자의 얼굴을 쳐다보았다. 파리나 모기의 머리를 확대한 모습처럼 날카로운 톱니처럼 칼날이 곤두선 모습. 그렇지만 파리나 모기들도 생존에 필요한 이상의 무기를 가지고 있지는 않다. 각기 알맞은 용도로 분화되고 발달되어 먹이를 구할 뿐이다. 난 내가 그동안 큰 잘못을 저질렀다는 것을 알았다. 있는 그대로의 그녀를 사랑했어야 했다. 아무리 현미경을 들여다본들 내 안에 뿌리 내린 미움이 더 작아지거나 사라지지 않았다. 남자를 보내고 돌아온 후 한동안 내 생활은 무질서했다.

금속의 화상 데이터는 컴퓨터에 내장된 플래시 메모리에 저장된다. 이미지 파일을 하나하나 넘겨본다. 이 파일들을 홈페이지에 올렸더니 사람들이 보고 이것저것 물어보았다. 나는 되도록 자세히 설명을 해주었다. 근접거리와 배율, 조명은 무엇을 썼고 렌즈는 좀 비싸더라도 어느 회사의 제품을 쓰는 게 좋다는 등이다. 만약 그들 중 그녀의 나비에 대해서 물어오는 사람이 있다면 그것도 아주 자세히 설명을 해줄 것이다. 그것은 아주 색다른 나비였어요. 촬영이 정말 쉽지 않았죠. 나비를 산 채로 찍었거든요. 배율은 천 배이고 날개 중심부의 아랫부분이지요. 그렇습니다. 몰라볼 수밖에요. 천 배나 된다니까요. 그렇게 고배율로 확대하면 모든 게 본래의 형태를 크게 벗어나버립니다. 사물은 제 모습을 잃게 되고 우리는 그 미로에 갇히게 되어버립니다. 그래도 좋습니까. 한 가지 더 말씀드리지요. 당신이 어디에서 희한한 무늬를 보게 되면요. 이 나비를 떠올리셔도 좋습니다. TV에서건 거리에서건 검은 얼룩이 난데없이 보이면 그게 바로 이 나비의 확대된 상일 겁니다. 내 여자의 나비란 말이죠. 자, 설명이 충분하십니까.

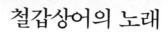
철갑상어의 노래

철갑상어의 노래

　키보드를 누르자 철갑상어가 츠치치치 소리를 내며 사라진다. 그다음은 게임 모드로 들어간다. 나는 철갑상어가 내는 소리가 야릇해서 몇 번이나 다시 들었다. 다른 피시방에서는 듣지 못한 소리였다. 게임을 하면서도 그 소리는 계속 내 귀에 울려 나오는 것 같았다. 들을수록 불쾌한 소리였다. 그런데도 철갑상어 소리가 왜 나를 강하게 끄는지 알 수 없었다. 철갑상어가 있는 배경화면에 누군가 소리를 입혔을 뿐인데 게임을 할 때 몬스터들이 내는 소리와는 완전히 달랐다. 어쩌면 철갑상어가 내는 소리는 이 세상의 소리가 아닌지도 모른다는 생각이 들었다. 그 생각을 하면서 피식 웃었다. 그런 소리가 어디 있을 수 있단 말인가? 헌데 그 소리를 자꾸 듣자니까 철갑상어는 정말 그런 소리를 내며 물속을 헤엄칠 것 같은 생각이 들게 되었다. 그리고 언제부턴가 나는 그 소리가 들리지 않으면 게임을 즐길 수 없게 되었다. 길을 가다가도 철갑상어 소리가 들리는 것 같은 느낌도 나기 시작했다. 츠치치치치. 어디서도 들어보지 못한 기괴하면서도 음울한 소리였다. 고래도 아니고 상어도 아닌 왜 철갑상어 소리인지 알 수는 없었다.

종환은 철갑상어가 있는 배경화면을 꽤 만족한 듯이 바라보곤 했다. 어느 날은 철갑상어 인형을 사 가지고 왔다. 철갑상어의 꼬리 부분을 잡고 내 눈앞에다 대고 흔들어대다가 "형, 이거 가져" 하면서 내 앞으로 휙 던져놓았다. 철갑상어가 꼬리를 흔들면서 내 앞으로 돌진해 오는 것 같았다. 화가 났지만 단골손님을 쫓아낼 수 없어 그냥 참았다.

유지에게 철갑상어 인형을 보여주자 귀엽다고 했다. 철갑상어가 귀엽다니 어처구니가 없었다. 입이 뾰족하게 튀어나와 있고 등 쪽에 톱니 모양의 뼈가 돌출되어 있어 지극히 사납고 날카로워 보이는데 뭐가 귀엽다는 건지 알 수 없었다. 그런데도 유지는 그 인형을 항상 안고 다녔다. 화장실에 갈 때도 손에서 놓질 않았고 심지어 둘이 안고 있을 때도 머리맡에 두었다. 자다가 눈을 뜨면 철갑상어가 내려다보고 있는 것 같아 깜짝 놀라기도 했다. 실제로 철갑상어를 보고 싶다고 해서 유지와 수족관에 다녀오기도 했다. 동묘역에 있는 작은 수족관들 중에 우리가 찾는 철갑상어를 찾을 수 있었다. 철갑상어는 날렵하게 쉬지 않고 위아래로 돌아다녔다. 물 위로 뾰족한 입을 내밀고 빙글빙글 돌곤 했다. 유지는 어머머 하면서 신기해했다. "그런데 이 철갑상어가 민물고기라고?" 하면서 계속 감탄사를 연발했다. 마치 철갑상어라도 된 듯 호들갑을 떨다가 드디어는 철갑상어를 손에 쥐어보았다. 수족관 주인은 그녀의 대단한 호기심을 철갑상어에 대한 애정이라고 생각하는 것 같았다. 철갑상어는 비늘은 없지만 정말 단단한 외피를 갖고 있었다. 수족관에 갔다온 후에는 별 관심이 없는지 인형을 아무 데나 처박아두었다. 유지가 철갑상어처럼 꼬리를 치며 내 앞으로 돌진해 왔다가 획 방향을 바꿔서 사라져버릴 것만 같다.

나는 종환을 바라볼 때마다 철갑상어 인형을 내 앞에 던지면서 웃던 모습이 생각났다. 녀석은 지금 화장실 옆 벽 문의 틈새를 엿보고 있다. 성의 없이 아무렇게나 덧바른 크림색 몰딩이 칠이 뭉개지고 있다. 그곳에 축축한 손바닥을 대고 한쪽 손으로 가만히 쪽문을 열고 안을 들여다본다. 그곳은 나와 유지만의 공간이지만 녀석의 눈에 띈 후로는 방해받기 일쑤여서 여간 신경이 쓰이는 게 아니다.

유지는 잠들지 않았으나 일부러 눈을 감고 자기를 엿보는 종환을 재미있게 관찰한다. 손을 가만히 가슴께로 가져가거나 한쪽 다리를 소파 아래로 내린다. 그녀는 그런 악취미를 자랑한다. 내가 말이야, 다리를 조금 비틀면 그 애가 숨을 몰아쉬는 거 있지. 날 무지 좋아하나 봐. 귀여운 것. 내게도 같은 짓을 한다. 내 표정을 관찰하고 어떤 반응이 나오는지 지켜본다. 질투인지 무관심인지를 가늠해보려 한다. 대체로 그녀의 행동에 유연한 태도를 보일 필요가 있다. 이 분방한 여자애를 혼자 독점하려는 것 자체가 무리이다. 그러나 매력으로 치면 그녀는 다른 여자애들보다 훨씬 뛰어나서 놓쳐버리기가 아깝다. 아직은 내게 붙잡아둘 것이다. 펑키 스타일의 머리와 몸에 달라붙는 옷을 즐겨 입지만 백화점에서 일을 할 때는 전혀 다른 모습이 된다. 언제 변신을 하는지 몰라도 근무하는 그녀를 몰라볼 뻔했었다. 가발을 썼는지 차분한 단발에 감청색 투피스 정장을 입고 있어 다른 사람인 줄 착각할 정도였다. 깨끗하고 고와서 누구도 그녀에게서 창녀같이 더러운 기운을 느끼지는 못할 것이다.

15번 손님이 나가는 것을 보고 걸레를 들고 손님이 앉았던 자리를 닦는다. 꽃무늬가 들어간 싸구려 천으로 마감한 벽은 이전에 단란주점을 인수한 그대로여서 피시방 인테리어로는 맞지 않았다. 주인은 인색하고 겁이 많아 더 이상 투자를 하지 않았다. 조명도 샹들리에를 치우기만 했을 뿐 아르곤 조명이 군데군데 박힌 그대로다. 화장실 옆에는 두 평 남짓한 좁은 공간이 하나 있다. 이전에 무엇으로 쓰였는지 전혀 알 수 없다. 잡다한 물건들을 쌓아놓게 되었는데 주인이 잠을 잘 수 있도록 낡은 소파를 가져다주었다. 촌스러운 핑크색이 얼룩덜룩 때가 끼었지만 괜찮은 소가죽이었다. 누군가 버린 것을 주워왔을 것이다. 주인은 투자한 것에 비례해 회수할 수 있는 그날그날의 현금이 얼마인지를 생각할 뿐 다른 것은 신경을 쓰지 않는다. 아마도 언제 되팔지도 모르는 이 가게의 현재가치가 더 하락하지만 않으면 되는 것 같기도 했다. 그는 낮에 서너 시간 정도 교대해주고 가버린다. 내가 하루 종일 지키고 있기는 무리라는 것을 조금은 이해한 처사였다. 일단 먹고 자는 문제는 해결할 수 있다. 게다가 월급도 받고 내가 좋아하는 게임도 할 수 있다. 주인이 낮에 오면 나는 정확하게 또 정직하게 돈을 쏟아낸다. 수틀린 짓거리로 거리에 나앉을 생각이 전혀 없다.

유지의 퇴근 시간에 맞추어 그녀가 파트타임으로 일하는 백화점 앞을 하이에나처럼 어슬렁거리면서 시간을 보냈다. 낮에는 자고 저녁 어스름이 조용히 내리면 처량한 생각이 가슴속에 넘실대면서 따뜻한 불빛에 위안을 받고 싶어져 밖으로 기어 나오는 것이다. 기다리는 시간을 때우기 위해 이 골목 저 골목 배회하다가 철갑상어의 소리에 이끌려 이 피시방에 오게 되었다. 매일 살다시피 하자 주인은 이곳에서 일하는 게 어떻겠냐고 제의를 해왔다.

종환이 쪽방 문을 닫고 내게로 와서 쓸데없이 헛소리를 한다. "형, 뭐 하는 거야. 최신 게임 나온 것 몰라? 그것 빨리 깔아. 애들이 찾는단 말야." 녀석은 손님인 주제에 참견이 많다. 그러나 내가 잠깐 자리를 비울 땐 대신 일을 도와주기 때문에 참고 넘어가준다. 고2를 간신히 다니고 있다. 그의 꿈은 프로게이머다. 한참 공부할 나이에 게임에 몰두하여 시간과 정력을 소비하면서 실력을 향상시켜놓았지만 선두로 가는 길목은 너무나 좁았고 돈이 되기는 하늘의 별 따기였다. 그렇지만 오로지 그것밖에 갈고 닦은 것이 없는 녀석은 키보드를 눌러대는 손동작의 미묘한 속도에 탓을 돌린다. 게임에 몰두할 때의 그의 표정은 차갑고 흐트러짐이 없이 엄숙하기조차 하다. 손가락들이 마치 춤을 추는 것과도 같았고 모니터 속으로 뛰어들어갈 듯한 자세는 어느 정도 몰입했는지를 말해주었다.

새벽 3시다. 24시간 내내 불을 켜둔 실내 공기가 답답하다. 광고 포스터를 붙인 문을 열고 층계참으로 내려선다. 뿌옇게 머릿속을 휘감던 피로가 조금 사라진다. 손가락으로 창틀의 먼지를 톡톡 두드린다. 나는 아직도 모니터 앞에 앉아 있는 착각을 하고 있는 걸까? 차들이 속도를 무시한 채 좁은 도로를 질주하는 것도 흐릿한 시야에서 멀게만 보인다. 그것들은 철갑상어처럼 전진한다. 방향을 틀어 옆의 차를 들이받아라. 그래야 놈은 굉음을 내며 나가떨어진다. 그 소리를 듣고 또 다른 철갑상어가 너의 옆구리를 기습하려 할 테고. 너는 단단히 준비를 하여 다른 놈들의 아가리를 쑤셔버려 박살을 내버려……. 사라졌다가 다시 부활하는 철갑상어들의 소리를 들으며 나는 가볍게 몸서리를 친다.

이제 차 소리마저 뜸하다. 도로 맞은편 24시간 편의점에는 사람이 하나 들어가서는 진열대 사이에 머리를 파묻었다. 고개가 잠깐 들어 올려졌다가는 아래로 숙여진다. 헤엄을 치듯 위로 올랐다가 밑으로 가라앉는다. 시뮬레이션처럼 찬찬히 현실감 있게 움직인다. 물건을 다 골랐는지 계산대로 간다. 무엇일까. 아마도 일회용 면도기일지도 모른다. 면도기는 혐오를 잔뜩 머금고 조심스럽게 턱밑을 향한다. 유리처럼 단단하고 차가운 얼굴이 일그러지지 않고 접히지도 않으면서 정면으로 칼을 받는다. 스륵스륵 자잘한 것들이 잘려나가는 소리가 들린다. 얼굴은 깨어질 듯 창백한 빛을 반사하면서 비 온 뒤의 거리처럼 빛난다.

그는 자신의 전리품을 챙겨가지고 투명한 유리문을 통과해 사라진다. 또 다른 사람이 들어선다. 술에 취해 비틀거리는 걸음으로 들어가서는 자기 머리통만 한 수박을, 아니 커다란 유방만 한 멜론을 가지고 나온다. 잘 보이지 않는다. 그것이 무엇이든 무슨 상관인가. 편의점에서 심장을 팔든지 해골을 팔든지 내가 알 바가 아니다. 밝은 곳이 반드시 잘 보이는 것은 아니다. 어둠 속에서 납작 찌그러진 깡통과 툭 튀어나온 돌부리들이 저마다 자신의 이야기를 뱉어낸다. 날이 밝으면 존재가 빛 속에 감추어질 것을 알고 있기나 한 듯이.

가로등에 붙어 있는 광고지가 팔락거린다. 피아노 건반을 두드리는 것처럼 가위로 자른 전화번호가 오르락내리락한다. 개를 찾는 전단지도 붙어 있다. 제발 찾아주세요. 아직 어리거든요. 찾아주시면 후사하겠습니다. 그리고 사진도 붙어 있다. 누군가 장난을 했는지 사진은 반쯤 찢겨 나갔다. 어떤 개가 사람에게 저리 강한 힘을 발휘할 수 있단 말인가. 사람에게보다 더욱. 그건 위대한 개일 거라고 생각한다. 한동안 밖을 내다보다가 건물 지하에 여자가 아직 남아 있는지 궁금해졌다.

여자는 나보다 열 살은 위로 보였다. 간혹 이 시간에 밖을 내다보다가 여자가 남자를 부축해 차에 태워 보내는 것을 보았다. 그리곤 가방을 다시 고쳐 메며 비틀거리는 걸음으로 오른쪽 건물 끝으로 사라졌다. 내가 자신을 내려다보는 것을 알고 있는 것 같았다. 한 번 쓱 올려다본 후론 걸음을 똑바로 걸으려고 무지 애를 쓰는 게 역력해 보였다. 그럴수록 그녀의 걸음은 갈지자로 휘어졌는데 나를 의식하고 있는 듯했다.

　하지만 내가 그녀와 이야기를 주고받은 것은 한 번뿐이다. 지하 카페에 공동 전기요금을 받으러 갔었다. 문은 열려 있는데 아무도 없고 흘러간 팝송만 들려왔다. 십 분 정도 탁자에 앉아 기다리다가 썰렁한 공기 속에 눅눅해지는 기분이 들어 일어섰다. 그때 그녀가 장을 봐 오는지 비닐 팩을 들고 들어오는 것과 마주쳤다. 내가 이 층 피시방에서 전기요금을 받으러 왔다고 말하자 그녀는 실망한 낯빛이 되었다. "저 내일 가져다 드리면 안 될까요." 여자는 조용히 말하였으나 담담한 표정을 지었다. 아무렴 그깟 전기세 떼먹을 줄 아느냐는 것 같기도 했다. 내가 그러라고 말하고 나가려 하자 여자가 옆으로 다가왔다. "생맥주 한 잔 드릴까요." 난감했다. 여자의 성의를 무시할 수도 없고 술을 마실 기분도 아니었다. 게다가 여자의 얼굴이 무엇인가 낯이 익다. 어디선가 본 듯한 표정 없는 얼굴과 놀랍도록 실의도 희망도 없는 무연함. 이런 것들이 여자를 대하는 순간 묘한 흥분을 느끼는 동시에 기분 나쁜 이미지를 연상시켰다. 그리고 눈은 호기심으로 빛나지만 더 이상 알 것이 없다는 자조의 빛이 섞여 있었다.

　망설이다가 하는 수 없이 자리에 앉자 그녀는 글라스에 호프를 가득 채워 땅콩과 함께 가지고 왔다. 그녀는 오늘은 왠지 영업이 잘될 것 같다고 말하고서 살짝 웃었다. 그녀의 손가락에 반지가 끼워져 있었다. 나는 묻지 않았다. 결혼반지인지 그냥 끼고 있는 건지. 저 누구 닮았다고 안 해요? 나는 할 말이 없어서 아무 질문을 내던

지듯 건넸다.

"누구요?"

그녀는 생각나는 사람을 떠올리려 멍한 표정을 짓는다.

"애니메이션 캐릭터 말예요. 만화에 나오는 여자 같아요."

칭찬인지 뭔지 분간이 안 되는 듯 여자는 말없이 나를 바라보았다.

"예쁘다구요."

그러자 안심한 듯 웃었다. 얇은 종이가 찢어지는 듯한 소리가 그녀의 목에서 걸러지지 않고 입술로 새어 나왔다. 치치, 좋아요. 기분 좋은데요. 한 잔 더 드릴까요? 츠치치치. 그 소리를 듣자 나는 기분이 몹시 나빠졌다. 긴 생머리가 목을 지나 어깨로 흘러내려와 있다. 나는 여자와 눈이 마주치는 것이 싫어 단숨에 마셔버리고 올라왔다.

여자의 웃음소리는 철갑상어 소리와 흡사했다. 마치 나를 비웃는 듯한 마치 조롱하는 듯한 그 소리는 폐부를 뚫고 내 안 깊숙이 박혀 들어왔다. 입에서 나오는 소리가 아니라 지하에서 끌어 올려진 소리 같았다. 어떻게 그런 소리를 낼 수 있는지 궁금해졌다. 어쩌면 철갑상어 소리는 여자의 웃음소리일까. 아니면 깊은 한숨 소리일까. 나는 왜 그런 생각을 하게 되는지 알 수가 없었다. 나는 왜 소리에 민감한 걸까. 소리는 사람의 혼을 먹는지 모른다. 철갑상어의 소리는 나를 어디로 이끄는지 알 수 없다.

유지는 소파에 누워 자고 있다. 나도 두세 시간 잠을 잘 생각이다. 소파 위에 몸을 누인다. 유지의 돌아누운 등 뒤로 몸을 밀착시켜 세로로 눕는다. 유지의 몸이 약간 움찔한다. 그녀의 어깨를 보듬고 좁은 공간에서 함께 누워 잔다. 어떨 땐 불붙듯이 서로에게 감겨드는 일도 있지만 자주 있는 일은 아니다. 이미 서로를 탐닉하고 알아버려 새로울 것이 없는 것이기도 했다. 유지는 브래지어를 하지 않았다. 가슴도 브이자형 니트를 입고 있다. 종환이 기웃거리던 것이 생각나서 앞쪽의 그녀가 어떻게 보였을까 궁금해졌다. 몸을 일으켜 세워 앞으로 몸을 기울자 가슴의 굴곡이 선명하게 드러나 보였다. 왜 그래? 그녀는 졸린 저음의 목소리로 묻는다. 좁아서 그래. 너 요즈음 왜 그렇게 살이 찌냐. 전에는 안 그랬는데 좁아서 둘이 못 눕겠다 야. 뭐야? 그러는 너는 뭣 땜에 점점 말라가는 거야? 내가 찌고 너는 마르는데 좁아질 까닭이 없잖아. 그녀는 시큰둥하게 대답하고는 눈을 감았다.

철갑상어 인형이 그녀의 품에서 비죽이 나와 있다. 철갑상어는 캐비아 때문에 멸종 위기에 있다고 한다. 알아보니 카스피해에서 올라온 벨루가는 캐비아 값이 어마어마했다. 난 한 번도 먹어보지 못한 캐비아를 누가 먹는지 알 수 없었다.

"고대 이집트에서는 캐비아를 먹는 것은 연인과 사랑 행위를 하는 것과 같은 의미라는군. 우리가 사랑을 할 때 캐비아 맛이 이럴 거라고 생각하면 돼."

내가 말하자 유지가 코웃음을 웃었다.

"철갑상어는 일억삼천만 년 전부터 존재하고 있었다는데 거의 진화하지 않은 그대로래. 눈은 아마 퇴화했을 거야. 앞이 보이지 않으니까. 너도 봤듯이 이빨이 없어. 상어란 이름이 왜 붙었을까 몰라. 상어도 아닌데 말야."

유지가 흥미롭다는 듯 미소를 지었다. 몸은 철갑처럼 단단한 껍질로 되어 있어서 잘못 맞았다가는 작살이 날 수도 있대. 글구 플랑크톤이나 작은 물고기 따위를 먹는다는데 힘이 장사야. 괴물 같지 않니? 나는 그녀가 자지 않고 깨어 있다는 것을 알고 계속 지껄였다. 너 철갑상어가 소리를 내는 거는 아니? 유지는 대답을 하지 않는다. 그 소리가 깊은 바닷속까지 울려서 작은 물고기들이 기절하는데 철갑상어는 그걸 잡아먹는다는군. 내가 지어낸 말에 유지가 놀랍다는 듯 눈을 한번 떴다 감았다.

유지는 정직원이 되면 월급이 배로 오른다고 했다. 그럼 여행을 떠나 새로운 것들을 찾아보자. 나는 유지의 다리 사이로 손을 밀어 넣었다. 새로운 것 따윈 필요 없다. 가장 익숙한 것, 가장 내 몸과 밀착되어 있는 지금 이 순간이 내게는 새로운 세계다. 여자의 몸을 열고 버튼처럼 꾹꾹 눌러 잠금장치를 해제하고 깊숙한 곳으로 나를 밀어 넣으면 매번 새롭게 변화하는 풍경과 마주 대할 수 있다. 나는 유지가 지르는 소리에 귀를 기울였다. 소리를 끌어 모아 내 안에 잠자는 다른 소리들과 연결시켜주고 싶었다. 왜 그런지는 알 수 없었다. 하지만 유지는 소리가 잘 나지 않았다. 안으로 돌돌 말아서 삼켜버렸다. 삼켜진 소리는 어디로 간 걸까. 철갑상어의 소리는 어디로 간 걸까. 나는 철갑상어의 소리가 사라진 곳을 찾아 아득한 눈길을 보낸다.

종환의 표정이 썩 좋지 않다. 학교에서 심하게 꾸중을 들었다고 했다. 계속 수업을 빼먹으면 유급될 수 있다고 선생이 녀석의 엄마에게 말했다고 했다.

"내 재능을 너무 무시하는 것 아냐? 사람마다 잘하는 것이 다 다른데 그것을 살려주지는 못하고 학교에서는 획일적인 교육만 시키고 있어."

녀석은 유지가 없다는 것을 알면서도 쪽방 문을 살짝 열어본 후에 다시 자리로 와서 게임을 시작한다.

나는 새로운 아이템을 구하기 위해 장터로 갔다. 그 아이템을 사지 않으면 레벨은 오르기 힘들다. 접선을 시도한 지 십 분도 안 되어 놀랍게도 철갑상어라는 아이디를 가진 자가 나타나 팔겠다고 했다. 나의 왕국은 건설된다. 내가 존재하는 이 세계는 점차로 나로 인해 빛을 더하며 살찌워져간다. 헛됨이 없는 건설. 한순간에 흥망하는 인간 세계와 다르다. 내가 꿈꾸던 세계가 그대로 반영하면서 나는 이 게임의 세계로 빨려 들어간다.

마을에서 사냥을 하러 거리로 나선다. 낯익은 거리와 돌담을 지나고 황량한 초원 위에서 사방에 포진해 있는 적들을 공격하기 위해 저벅저벅 걷는다. 갑자기 알폰이 튀어나온다. 귀여운 먹이다. 녀석에게 몇 방의 포를 발사하면 끄악, 하는 소리를 지르며 넘어진다.

소리는 여러 가지를 합성해서 만든 것 같다. 으악, 악, 끅, 사람의 소리와 신시사이저의 길고 높은 또는 낮은 소리의 공포를 뭉뚱그려서 전투의 의지를 갖게 한다. 어딘가에서 신음 소리가 들린다. 나는 그곳으로 발을 옮긴다. 다른 몬스터들의 그림자가 스쳐 지나간다. 끄응, 하는 저 지하로부터 끌어올려진 것 같은 기괴한 소리를 따라 바닷속을 헤엄치듯이 느릿하게 움직인다. 괴물이 내 앞을 가로막는다. 내 심장에서, 팔에서, 손에 쥔 칼에서, 놈을 향한 맹렬한 공격이 시작된다. 아버지는 귀가 들리지 않았다. 내가 문을 열고 들어가도 뒤를 돌아보는 법이 없었다. 아무리 소리를 질러도 바로 옆에서 욕을 퍼부어도 소용이 없었다. 막막한 고요가 그를 삼킨 것 같았다. 그날 술로 날을 지새우다가 새벽 찻길에서 교통사고를 당했다. 새들이 하얀 점처럼 떠다닌다. 나의 전리품은 곧바로 창고로 가져간다. 이렇게 차곡차곡 쌓인 경험치가 곧 레벨이 된다.

모니터에서 눈을 떼자 망막에 어떤 물체도 잡히지 않는다. 갑자기 눈앞이 어두워지면서 사물의 경계를 분별하지 못하고 우왕좌왕한다. 숨을 몰아쉬면서 천천히 주위를 둘러본다. 천장의 조명이 흐릿하게 내리비친다. 주홍색 블라인드가 내려진 창들은 빛을 잘 차단시켜주고 있다. 좁은 통로를 사이에 두고 사람들이 나란히 앉아 게임을 하고 있다.

왼쪽에 있는 사람들은 주식 시황을 보고 이야기를 나누고 있다. 화면에는 그래프가 깊은 포물선을 그리고 있다. 상대적으로 저평가된 우량주를 찾아야 된다느니 신규 수주를 공시한 회사들의 활동을 잘 관찰해야 한다느니 하는 말들을 한다. 그들은 자동차 영업사원들이다. 회사에 출근해서 출근 도장을 찍고 나와서는 이곳으로 직행한다. 몇 시간 동안 게임이나 주식 관련 페이지를 클릭하면서 전화로 영업을 한다. 그들의 흰 와이셔츠와 넥타이가 흐릿한 조명 아래서 도드라져 보인다.

단골손님 몇은 기지개를 켜면서 오늘 점심을 뭘 먹을까 서로 묻고 있다. 가운데 있는 사람은 24시간 대기 중인 실업자이다. 그는 이곳에서 먹고 그 자리에서 고개를 뒤로 젖힌 채 잠을 잔다. 몇 시간은 사우나를 하기 위해 또 몇 시간 동안은 산책을 하러 나갈 뿐 이곳에서 진을 치고 살고 있다 해도 무방하다. 새로 들어온 사람의 컴퓨터를 부팅시키는 동안 점심이 배달되었다. 종환과 나는 된장찌개를 시켰고 몇은 밖으로 나갔다. 볼일 좀 보고 올 테니 가게 좀 봐. 종환이 고개를 끄덕였다. 사장님 오시면 은행에 갔다가 온다고 하고, 청소도 좀 해줘. 종환이 미간을 찌푸리며 고개를 위아래로 흔든다. 알았으니까 갔다 와, 형.

은행은 에어컨에서 불어대는 차가운 바람으로 오히려 싸늘한 냉기가 느껴진다. 나는 송금을 했다. 이제 나는 아이템을 하나 더 갖게 된다. 더욱 강해지고 높이 올라설 수 있다. 뿌듯한 일이다. 최강의 위치에 올라선다는 것은 얼마나 흥미진진한 일인가. 아래를 내려다보면서 호령할 수 있기까지는 좀 더 인내가 필요하다. 그것은 어느 곳에서도 마찬가지이다. 그리고 최강자가 되었을 때의 고독을 맛보고 싶다.

컴퓨터로 데이터를 뽑아내는 일을 하다가 중요한 부분의 결락을 발견했다. 생산 현황, 영업 실적, 작년과 재작년의 순이익 비교 등 줄줄이 종이를 뽑아내었다. 나는 침묵 속에서 일했다. 말이 필요 없었다. 사람들이 가지고 오는 자료를 입력하고 아웃트라인을 손질하고 조금 수정을 거친 후 출력하기만 할 뿐 내 말을 들어줄 사람도 없었고 그런 걸 듣고 싶어 하는 사람도 없었다. 부장은 조금씩 돈을 빼돌렸다. 아무도 눈치채지 못하게 조작을 했다. 부장의 말대로 그냥 넘어갔어야 했는데…….

회사에서는 나를 더 이상 필요로 하지 않았다. 부장은 차장을, 차장은 과장을, 과장은 주임을 들볶았다. 가장 최전선에 서 있던 주임인 나는 사장에게 모든 사실을 공개하고 그들의 비리와 게으름을 힐난했다. 그리고 나는 해고되었다. 부장은 직접 나를 불러 말했다. 개새끼야, 너 같은 간신 모리배는 더 이상 필요 없어. 사장과 더 가까운 사람은 나야. 병신아, 나이도 어린놈이. 나는 그들을 이길 수가 없다. 대적할 방법이 없다. 조직 사회의 사이클은 내 주파수에 맞지 않는다. 그 세계는 그에 합당한 인간만 입회할 수 있다. 나는 새롭게 업그레이드하지 않으면 안 된다. 주머니 속의 손가락들이 움직인다. 그러나 또 다른 나는 지금 그들을 막 능가하고 있다. 조금만 더.

지하도 계단을 올라와 빌딩 앞에 섰다. 중학생은 자기가 있는 곳으로 오라고 했다. 물이 좋아. 녀석의 입에서는 물이 좋다는 말이 떠나지 않는다. 나이트클럽의 웨이터다. 유지도 그가 소개시켜주었다. 키가 작고 동안이기 때문에 중학생 교복을 입고 있으면 잘 어울렸다. 그는 내가 대단한 인물인 줄 알고 있다가 하루아침에 바닥에 떨어져버리자 친구라는 것을 새삼 강조한다. 친구가 좋다는 게 뭐냐, 이럴 때 위로가 필요한 거지. 나도 아무런 감각도 없이 그것을 받아들인다.

중학생은 얼굴이 더 창백해졌다. 일이 끝나는 새벽에 술을 마시고 잠이 들면 곧 오후가 되어 일을 나왔다. 나이트클럽엔 사람들이 서로 부둥켜안고 블루스를 추고 있다. 〈카사블랑카〉가 흐른다. 중학생이 여자를 부킹해주겠다고 하는 것을 그만두라고 했다. 아직 사람들이 몰려들기에 이른 시간이다. 어둠이 눈에 익자 블루스를 추는 몇몇의 남녀가 눈에 보인다. 그때 긴 생머리의 여자가 고개를 남자에게 기대고 춤을 추는 것이 보였다. 여자는 술에 취해 있었다. 머리카락이 남자의 등 뒤로 넘어가서 출렁거렸다. 어디서 본 듯한 실루엣이다. 그러고 보니 지하 카페의 그 여자다.

얼굴이 희고 목이 긴 그 여자. 어딘가 비어 있는 듯한 눈동자가 아슴아슴 떠오른다. 야릇한 웃음소리를 내던 여자. 잔인한 호기심을 끌어내는 소리가 들린다. 칫칫치치치. 블루스가 끝나자 곧바로 디스코 음악이 흘러 나왔다. 블루스를 추던 사람들이 콩 튀듯 그 자리에서 춤을 격렬하게 추었다. 여자는 남자를 물리치고 테이블로 갔다. 남자가 여자의 뒤를 따라간다. 이 시간에 술을 마시면 오늘 그녀는 카페에 나올 수 없게 될 텐데, 하는 생각이 났다. 하지만 여자는 그다지 술에 취해 있지는 않은 것 같았다.

중학생은 아직 바쁘지 않다며 내게로 왔다. 저 여자 이곳의 스트립걸이었어. 한때 끝내줬지. 지금은 퇴물이야. 하지만 아직 봐줄 만하지. 어디선가 카페를 열었다던데. 여자가 옷을 벗고 사람들 앞에서 춤을 추는 광경을 상상해본다. 여자는 말없이 옷을 벗는다. 하나, 둘. 음악은 사람들을 촉촉하게 젖게 만든다. 더 이상 보여줄 게 없는데도 계속 벗어야 한다. 벗는 시늉이라도 해야 한다. 사람들이 침을 꼴깍 삼키면서 여자의 상체와 하체를 번갈아 쳐다본다. 가슴이 앞으로 내밀어지면 아래 하체 부위는 무언가를 잡아끌듯이 뒤로 빠진다. 위로 올려다보는 눈들을 서글프게 바라보는 여자. 벗어도, 벗어도 흰 몸뚱이만이 남을 뿐인데도 양파처럼 벗겨진다. 나는 여자를 조종한다. 내 머릿속에서는 여자가 더욱 해면처럼 흐느적거린다. 마우스를 한 번 누를 때마다 여자의 육체는 잘려 나간다. 머리로부터 다리 사이로, 그 단면을 다시 가늘게 레이저가 스치면 눈과 귀가 분리되고 목이 몸으로부터 훌렁 떨어져 나간다. 무대 가운데로 떨어져 나간 조각들이 널브러져 있다. 홀에서는 사람들이 흥분하며 괴성을 지른다. 좀 더 보여줘. 아, 갈증이 난다. 좀 더 보여달란 말이야. 나는 여자를 다시 뭉쳐서 무대 가운데 모아놓았다. 조각들이 이어지지 않아 제멋대로 덜렁거린다. 눈을 뒤집어 바로 한 다음 구멍에 맞추어놓는다. 모가지는 몸통을 똑바로 세워서 균형을 잡아준다. 서서히 완성되는 여자. 또 환성이 터진다. 여자는 다시 춤을 춘다. 엇갈린 춤. 손은 허공에서 허우적거리고 다리는 학질에 걸린 것처럼 떨어댄다. 완전히 발가벗겨진 육체를 사람들이 원한다는 것을 왜 여자는 모른단 말이냐. 나는 회초리를 들고 여자에게 다가가서 매질을 한다. 여자는 뒤로 발랑 넘어진다. 뭔가 더 보여줘. 여자가 운다. 나는 재미있어서 더 세게 매질을 한다. 그때 나의 회초리를 막아서는 자가 있다. 그자는 내게서 회초리를 잡아 낚아채서는 그대로 나를 후려친다. 내 몸에서 한 줄기 피가 솟구친다. 그자는 계속 내 몸을 후려치면서 웃는다. 그자의 얼굴이 희미하다. 철갑상어를 닮은 그자는 웃음소리만 낼 뿐 공간에 형체를 드러내지 않는다. 그 웃음소리에 나는 얼굴을 가렸다. 얼굴에서 흐르는 피로 눈을 다치고 말았다. 보이지 않아. 보이지 않아. 눈을 비비면서 나는 절규하듯 쓰러졌다. 한참 후에 테이블에 머리를 꼬나박은 내 몰골이 보인다. 여자는 어디로 갔는지 보이지 않는다.

종환은 나를 보더니 의아한 표정을 짓는다. 어, 술을 마셨네. 형, 이래도 되는 거야? 의리 없이 혼자 나가서 마시다니. 사장님이 아까 오셔서 가게가 팔렸다고 기분이 좋아서 말하던데. 여자는 지금 무엇을 하고 있는 걸까. 들어오면서 보니 카페는 불이 켜져 있었다. 모니터 앞에 앉아 내 캐릭터를 불러온다. 나는 거기 조용히 나를 기다리고 있다. 기분이 심드렁한 것 같다. 철갑상어로부터 산 아이템이 들어오지 않았다. 철갑상어를 불렀다. 철갑상어 나와라. 계속 불러보지만 그자는 어디로 갔는지 흔적도 없다. 아차, 싶었지만 이미 늦었다. 그자는 사기꾼이었다. 아마도 이런 사기 행각을 한 것이 한

두 번이 아닐 것이다.

카운터 의자에 앉아 잠을 잤다. 철갑상어는 꼬리지느러미를 흔들며 내 앞을 날아다닌다. 나는 사냥에 나갔다. 나보다 센 유카 괴물이 버티고 섰다. 도망을 간다. 숲속에 오두막이 있다. 그곳에 몸을 숨긴다. 오두막은 사방이 구멍이 뚫려 있는 허술한 벽으로 둘러 있다. 여자는 그곳에 앉아 있다. 나는 여자의 옆에 앉았다. 오늘은 참 피곤해요. 그러자 여자가 나의 등 뒤로 와서 안마를 해준다. 여자의 손은 참 부드럽다. 나른한 잠으로 빠져들 것 같다. 여자는 내 옆으로 와서 눕는다. 오늘은 참 이상한 일이 있었어요. 내 팔이 말예요, 저만치 떨어지는가 하면 목이 비틀리고요. 다리는 자꾸만 빠졌어요. 눈이 달아나는 것을 잡아넣느라 혼을 다 뺐지 뭐예요. 나는 감기는 눈을 간신히 떠서 여자를 쳐다보았다. 여자의 목이 없다. 깜짝 놀란 나는 흐느적거리는 몸을 간신히 일으켰다. 여자는 괴로운 표정을 지으면서 나를 바라보고 있다. 그리고 언제 들어왔는지 내 몸 안에서 흡, 하는 단음을 내면서 나를 파먹고 있다. 고개를 세차게 흔들면서 잠에서 깼다.

벽에 붙어 있는 쪽문으로부터 이상한 낌새가 있다. 무슨 소리가 난 것도 같다. 유지와 종환이 보인다. 형은 깊이 잠들었어. 종환이 나직한 소리로 말했다. 여기선 안 돼. 유지가 종환의 머리통을 잡아당겨 입술을 빤다. 자, 이제 됐지? 빨리 나가봐. 누나, 조금만 더. 종환이 유지의 젖가슴을 어루만지면서 애걸을 한다. 자, 지금 빨리 나가. 죽여버리기 전에. 유지는 단호하게 말하면서 옷을 추슬렀다.

종환이 일어서는 것을 보고 나는 다시 의자에 깊이 몸을 묻었다.

가게 안에는 종환의 친구들이 게임을 하고 있다. 녀석은 그들 속으로 가서 시시덕거리면서 게임을 한다. 허공을 응시하던 눈이 벽에 가 부딪힌다. 도드라진 상아색 꽃무늬 벽이 마치 물방울처럼 어룽거린다. 벽은 이중의 겹친 영상으로 되어 움직인다. 거기에 유지와 종환은 누워 있다. 미끄덩한 몸이 밀착되어 하나가 되어 있다. 가증스러운 상상이 걷잡을 수 없이 떠올라 괴로움으로 고개를 다리 사이에 파묻었다. 아아, 치치치치. 절로 신음 소리가 난다. 고통에 일그러지고 억압된 신음 소리. 철갑상어가 내던 소리.

아버지는 신음 소리조차 내질 못했다. 완전히 소리와 차단된 세계에서 살다 죽었다. 그의 귀가 되어주었던 나는 엄마의 소식을 그대로 전할 수가 없어서 매번 거짓말을 했다. 내 손은 엄마를 말하지 않고 다른 이야기를 꾸며대었다. 엄마는 지금 돈 벌러 갔으니 기다리라고 했다고, 기다리면 곧 돌아온다고 말했다고 했다. 아버지는 멍하니 내 손끝의 절망을 읽어내려 갔다. 그러곤 꺽꺽 하는 소리로 울었다. 그것은 내가 괴물들과 싸울 때 나는 소리들이다. 아버지의 폭음이 시작된 건 내 거짓말이 들통 난 다음부터였다. 나는 무언가 말하고 싶어진다. 언제부터인가 말들은 소리를 잃어버렸다.

유지는 너무 분방하다. 그러니 어찌할 것인가. 체념과 분노가 함께 어우러져 머리를 어지럽힌다. 여자는 지금 무엇을 할까? 나는 여자의 눈을 생각한다. 언젠가 물속에서 익사하는 쥐를 본 적이 있다. 비 오는 날 담뿍 받아놓은 큰 고무 물통에 쥐가 빠져 있었다. 놈은 살려고 바둥거리면서 헤쳐 나오려 했지만 둥근 고무 물통은 빠져나올 수 없이 깊고 물이 가득했다. 그 몇 분인지 몇 시간인지 모를 시간을 나는 쪼그리고 앉아 똑바로 내려다보고 있었다. 필사의 헤적임. 물에 젖은 털들이 파닥거리면서 물에 대항하려는 몸짓을 계속 되풀이한다. 놈은 절망하지도 않고 멈추지도 않는다. 나는 그때 보았다. 쥐의 눈을. 검고 짙은 눈이 어마어마하게 확장되어가는 것을. 처음의 찍찍거리는 소리도 없어지고 타협이 불가능한 것을 알아챈 다음의 공포와 체념과 삶의 의지를 가득 담고서 놈의 몸은 마지막 경련을 했다. 그리고 조용히 내리는 비가 모든 것을 거두어 갔다. 갈퀴 같은 발가락들도 오므라들었다. 모든 죽음은 이와 비슷한 걸까. 나는 그때 그런 생각을 했다. 쥐는 화려한 춤을 추다가 넘어져 엎어진 것처럼 보였다. 더 이상 찍찍거리는 소리를 듣지 않아도 되었지만 그 고요가 나를 괴롭히기 시작했다.

건물 지하로 걸어 내려간다. 내 발소리는 둔탁한 울림을 낸다. 중학생이 말한 대로 그 옆의 사내가 그녀의 정부라면 지금 그자가 옆에 있을지도 모른다. 이 층과 지하 사이의 계단을 한 발 한 발 걸어 내려가면서 손가락을 부산히 움직인다. 의자에 앉아 차츰 레벨을 올리는 게임보다 더 흥미 있는 게임은 없다. 고수가 되는 길은 멀고 험하다. 주머니 속의 작은 칼도 든든한 무기이다. 이런 아이템을 하나하나 사냥에서 획득해야만 한다. 벽에 팔꿈치를 세게 부딪쳤다. 민첩성을 채워야 한다. 생명력도 채워 넣고 다시 걸어내려 간다. 카페의 문을 통과해서 나는 여자를 찾는다.

여자는 테이블에 엎드려 있다. 그녀와 조금 떨어진 테이블에 앉아 기다린다. 마지막 테이블의 손님이 계산을 하기 위해 일어서자 그녀는 고개를 들었다. 얼굴이 부어 있다. 나가는 손님을 배웅하고 돌아와서는 내게는 눈길도 주지 않고 다시 테이블에 엎드려 울고 있다. 이 인형이 우는 것은 전혀 생각지 못했으므로 나는 마음이 흔들렸다.

무, 무슨 일 있었어요? 여자는 수건을 흔들었다. 아니오. 미안하지만 오늘은 아무런 말도 하고 싶지 않아요. 그만 가주실래요. 그녀의 슬픔은 이제 절정으로 치달아 흐느낌이 되어 있었다. 나는 갑자기 움츠러들어서 더 이상 전의를 상실해버리고 말았다.

밖으로 나와서 골목 옆에 들어가 오줌을 누고 담배를 피워 물고 있는데 그녀가 문을 닫고 나온다. 그리고 천천히 걸어가서는 오른쪽 모퉁이로 돌아갔다. 그녀의 집은 아마도 그 뒤편 어디쯤인가 싶다. 나는 주머니의 칼을 만지작거리면서 조용히 따라 걷기 시작했다. 땀이 흐른다. 주머니칼이 열린다. 나는 손바닥으로 칼을 힘껏 쥐었다. 손바닥에 침처럼 끈적거리는 것이 만져졌다. 그녀는 뒤도 돌아보지 않고 마치 나를 기다리면서 한 발자국씩 내딛는 걸음을 하면서 앞으로 간다. 나는 목소리가 나오지 않는다. 다만 마냥 걷기만 한다. 언제까지나 걷는다. 내가 결코 비겁하지도 않고 패배하지도 않았다는 것을 말하고 싶지만 저 여자는 다 알고 있는지도 모른다. 이미 모든 것을 알아채고 나를 기다리는지도 모른다. 그리고 자신을 열어 나를 힘껏 받아줄지도 모른다.

손바닥이 화끈거린다. 갑자기 조급한 마음이 인다. 나는 여자를 불러 세우려다 말고 앞으로 바짝 걸음을 당겼다. 여자가 걸음을 멈추고 뒤를 돌아보았다. 겁을 집어먹었는지 눈이 동그랗게 되었다. 그래, 됐다. 나는 칼이 자꾸만 손바닥을 파고들어오는 것을 느끼며 철갑상어의 소리 가운데 아늑한 기분에 휩싸였다.

바다로 간 여자

바다로 간 여자

    여자는 영수증을 모아놓은 누런 봉투를 뒤집었다. 종이 쪼가리들이 쏟아져 나온다. 몇 년을 모아온 것이다. 하나하나 들어서 본다. 지난 칠월의 전기세는 구천오백 원이었다. 사월의 카드대금 영수증은 오만 원이 전부였다. 마켓에서 산 오징어는 두 마리에 천 원이었다. 자동차 통행료도 있다. 민과 삼 개월 전 강화에 다녀온 통행료다. 민은 삼 개월 전 범칙금을 낸 영수증을 찾아달라고 했다. 잘못 처리되어 독촉장이 날아왔다고 했다. 칠만 원 때문에 전화를 하다니 여자는 고개를 가로저었다. 그는 이제 생활인으로 돌아갔다. 아내의 성화에 하는 수 없이 전화를 했을 것이다. 없으면 할 수 없고 아깝잖니. 그의 빡빡한 생활을 짐작할 수 있었다. 종이로 된 영수증이나 고지서 등은 여기에 다 모아두었다. 한 장씩 넣어둘 때마다 왠지 기분이 좋았다. 불룩해지는 것이 돈이 두둑해지는 것 같았다. 이것들은 추억이기도 했고 살아온 흔적이기도 했다. 살아가는 데는 지불해야 할 것들이 너무 많은가 보다고 여자는 생각한다. 우편물도 있다. 강제집행 착수 통고서. 종이들 사이에 비죽이 나온 그 용지를 뽑아들고 본다.

법적 절차 대상에 포함되어 그와 살던 집의 전세금이 날아갔다. 가전도구 일체도 강제 집행되었다. 그는 가정으로 돌아갔다. 그녀는 한참 뒤적거린 후에야 영수증을 찾아냈다. 오 년 전에 갔었던 제주도 국립공원 입장권 밑에서 나왔다. 그것을 돌려줄 방법을 생각하면서 여자는 손을 등 뒤로 돌려 벅벅 긁기 시작했다. 손톱 밑으로 피가 스며들었다.

발작적인 가려움이 또 다시 온몸을 휘감는다. 특히 팔과 허벅지 그리고 옆구리가 심하게 가렵다. 허벅지를 긁고 있으면 배나 옆구리가 미칠 듯이 가려워 견딜 수 없어진다. 배나 가슴을 긁고 있으면 팔의 안쪽이 경련이 일 정도로 가렵다. 한 십여 분 정신없이 긁으면 살에서 피가 묻어났다. 소금을 한 바가지 떠서 화장실로 들어간다. 옛날 어렸을 때 마당에서 지렁이에게 소금을 뿌렸던 기억이 났다. 지렁이는 색깔이 점점 탈색되면서 죽어갔다. 뭐 죽음이란 게 저렇게 시시할까. 소금을 조금 뿌린다고 죽는다는 건 너무 어처구니가 없었다. 뚱뚱 불어버린 지렁이는 꼼짝도 하지 못했다. 소금을 살에 대고 문질렀다. 따끔거리면서도 가렵기도 하여 신경 계통이 혼란 그 자체인 것 같다. 몸을 부들부들 떨면서 수건으로 닦는다. 붉은 두드러기가 일제히 돋아 있고 상처로 피멍이 들어 있다. 세면기에 손을 씻는다. 손톱에 묻어 있던 피가 흐르는 물에 씻겨 나간다.

날렵한 물고기 한 마리가 물에 풀려나 홀 속으로 빨려 들어가는 것 같다.

여자는 리모컨의 리턴 버튼을 눌렀다. 화면에 긁힌 듯 흰 줄이 생기면서 주인공이 뒤로 계속 후진하고 있다. 좀 전의 진지한 표정과 행동은 어디가고 종종걸음을 치는 것이 찰리 채플린을 보는 것처럼 우스꽝스럽다. 아까 보았던 장면들이 재현되지만 왠지 다른 것을 보는 것처럼 신기했다. 서극의 〈칼〉을 또 본다. 그저 돌아가고 있을 뿐이다. 음소거 버튼을 누르자 광막한 공간에서 사람들의 그림자만 움직이는 것 같다. 그들은 살아 있지 않아 보였다. 잔혹한 장면도 여러 번 보아서지 섬뜩한 느낌도 별로 없다. 돌려주어야 할 테이프가 더 있는데 삼 주째 갖다 주질 않았다. 남자는 또 전화를 할 것이다. 그 목소리는 녹슨 테이프의 울림같이 낯설었다. 하지만 남자의 화를 돋우는 데 몇 주가 더 걸릴지 두고 보겠다고 생각했다. 화난 남자의 얼굴과 그 목소리는 어떨까. 여자는 그 생각을 하면서 또 다리를 벅벅 긁었다.

남자는 늘 밖에 내놓은 의자에 앉아 있다. 머리는 수세미 모양 엉클어져 있고 몸에 꼭 끼는 셔츠 아래 속옷이 날름 머리를 내밀고 있다. 그의 손은 항상 바짓가랑이 사이 사타구니 위에 얹혀 있다. 사람들의 뒷모습을 눈으로 좇는다. 그러다가 손님이 오면 손을 겨드랑이에 끼우고 여유 있는 척하며 먼저 가게로 들어간다. 영화광고 포스터가 다닥다닥 붙어 있는 그의 비디오 대여점은 천 원으로 세 개를 빌려볼 수 있다. 지난 것은 덤으로 더 빌려주기도 한다. 지난주에도 남자는 아무 말도 없이 멀뚱한 얼굴로 따라 들어왔다. 저, 다 보신 것은 좀. 고개를 돌려 쳐다보지도 않고 알았다고 대답했다. 남자는 곤혹스런 표정을 지었다. 여자는 그 얼굴을 흘끔 보면서 언젠가 본 것도 같다는 생각이 들었다.

블루하우스에서 나와 어둠 속을 더듬어 집으로 돌아오는 길이었다. 문화센터가 있는 곳에서 두 길로 갈라지는데 한쪽 길은 으슥했다. 다른 한쪽 길로 가려면 도로가 이어져 있어 안심이 되지만 한참 돌아가야 한다. 조금 생각을 하다가 그냥 으슥한 길을 택해서 걸었다. 여자는 빨리 돌아가서 눕고 싶었다. 가로등도 없고 먼 집들이 내쏘는 불빛은 길을 밝히기엔 부족했다. 아무 생각 없이 걷기만 하면 곧 이어진 도로에 당도하리라. 땅에선 날 선 잎들이 검게 번득였다. 문화센터를 두른 벽돌담 아래는 잡풀들이 제법 무성했다. 가는 가지의 은행나무와 감나무들도 있지만 시야를 가릴 정도는 아니었다. 여자는 마음이 조마조마했다. 검은 담 아래 무언가가 바스락 소리를 냈다. 주위를 살폈지만 시간이 늦어선지 아무도 없었다. 벽돌담 아래 두 사람의 실루엣이 보이는가 싶더니 한 사람이 소리를 지르며 후다닥 달아났다. 남은 그림자는 그 자리에 웅크린 채 꼼짝도 하지 않았다. 남자의 모습은 헐렁한 점퍼에 가려 잘 보이지 않았다. 아랫도리는 벗고 있는지 무릎을 꿇고 있는 두 다리가 허옇게 드러났다.

민과 함께 강화의 외진 식당에서 함께 마지막 만찬을 했다. 차를 모는 민의 옆모습은 까칠했다. 그의 턱을 만져보았다. 그는 고개를 저었다. 개기름이 흐르던 얼굴은 반쪽이 다 되어 있었다. 앞으로 뭐 할 거야. 나중에, 나중에 생각하자. 그의 눈엔 생기가 없었다. 공장들이 있는 곳을 지나 구불거리는 길을 따라 한참을 달려서야 식당에 도착했다. 여자는 먹는 곳을 잘 찾아다녔다. 평일이나 주말을 가리지 않고 맛있다고 알려진 곳은 빼놓지 않고 다녔다. 먹고 나서 늘 몸을 섞었다. 지난 삼 년간 줄기차게 먹고 마시고 놀았다. 느티나무가 평상 위에 드리워져 있고 개집에선 강아지 두 마리가 짧은 꼬리를 연신 흔들어댔다. 낯선 사람들이 와도 반갑기만 한 모양이다. 집의 뒤뜰로 나가자 놀랍게도 바다가 있었다. 갯벌이 있고 먼 안개 속에서 바다가 희미한 물결을 흔들고 있었다. 얼마나 와 보고 싶었던 바다인데 하며 여자는 난데없이 야호를 외쳤다.

"여기가 산이냐?"

"아 참. 그러게 산 쪽으로만 다니지 말고 바다 쪽으로도 다니자고 했잖아."

"무슨 소리야. 덕적도 위도 만리포 다 바단데."

여자는 그동안 쫓기는 것 같은 생활을 했었기 때문에 즐겁던 기억도 사라져버렸다. 하지만 이게 나한텐 정말 바다야 하고 중얼거렸다. 바다는 너무 멀리에 있었다. 여자에겐 언제나 모든 게 멀리 있기만 했다. 꿈을 꾸게만 되어 있는 건지도 몰랐다. 현실에서 일어날 법한 일들이 그녀에게는 일어나지 않았다. 저기 묶여 있는 배는

탈 수 있는 건가. 그녀의 눈은 젖어 있었다. 배는 난파선처럼 보였다. 지친 듯 한쪽 어깨를 펄에 묻고 있었다.

한 여자가 평상 끝에 걸쳐 앉아 전화를 하고 있었다. 여보세요. 여자의 눈자위가 거무칙칙했다. 미쳤니. 난 개랑은 끝났어. 사람도 아냐. 뭐, 뭐라고? 이런. 소리는 연발 흩어지고 여보세요를 외치던 여자는 화를 내며 전화기를 닫았다. 아마 이곳이 북한과 멀지 않아서 수신이 잘 되지 않는 것 같았다. 내일 헤어진다고 생각해도 당장은 기분이 좋았다.

주인들은 닭을 잡느라고 소동을 벌였다. 닭이 뜨거운 물에 닿자 뛰쳐나와버린 거였다. 완전히 죽지 못했던 것이다. 주인은 혼비백산해서 닭을 잡느라고 이리 뛰고 저리 뛰다 커다란 냉장고 뒤 틈새에 끼인 것을 끄집어내었다. 허, 이놈, 되게 죽기 싫은가 보구만. 주인 남자는 압력솥에 닭을 앉히고 주방이 훤히 들여다보이는 방에 앉아 있는 그들에게로 왔다. 우리는 죽은 닭은 안 팝니다요. 맛이 없슨깨로. 넓적한 이마에 땀이 송글송글 맺혀 있었다. 닭털이 그의 콧잔등에 살포시 내려앉아 있었다. 그들은 웃지 않았다. 웃을 기분이 아니었다. 이런 곳에 오는 사람들은 어떤 사람들일까. 새삼스럽게 그런 생각이 드는 것은 처음으로 이별을 위해 여행을 왔기 때문이었다.

잘 살아라. 소주를 한잔 비우고 빈잔을 내밀며 민이 말했다. 내 걱정 말고 당신이나 잘 살아. 마누라 기세에 눌리지 말고. 그래, 그래야겠지. 백숙은 반도 못 먹고 방을 하나 빌려 누웠다. 그의 몸이 포개져 왔다. 여자는 처음으로 거부했다. 그는 성난 짐승처럼 으르렁거렸다. 몸에 상처가 났다. 상처는 쉽게 아물지 않았다.

그가 떠난 다음 날부터 두드러기가 돋기 시작했다. 처음에는 손등에 무엇인가 톡 튀어나왔다. 손등에서 시작된 발진은 팔을 지나 가슴으로 옮아갔다. 마치 두더지처럼 고개를 빼꼼 내밀고 나 여기 있어 하는 것 같았다. 하지만 가슴과 다리로 옮아가면서 서서히 가려워졌다. 민이 떠난 지 삼 개월이 지났다. 여자와 있는 동안 민의 사업은 내리막길을 걷게 되었고 그의 아이가 병원에 입원을 했으며 땅을 야금야금 팔아먹게 되었다. 아내로부터는 이혼 서류에 도장을 받아내지도 못했다. 그가 머리를 쥐어뜯는 날이 많아졌다. 침대 위에 그의 머리털이 아직 많이 남아 있을 것이다. 그의 살이 닿았던 몸의 구석구석을 추억이라는 것들이 자리하였다. 여자는 누워서 잠만 잤다. 꿈속에서 이곳저곳을 헤매어 다니면서 괴로워했던 것이 깨어나서도 몹시 고되게 느껴졌다. 만약 꿈속이 현실이라면 하고 생각하니 두려웠다. 그러나 어느 때는 현실이 차라리 꿈이었으면 하고 바랄 때도 있으니 무엇이 더 좋은 것인지도 모르겠다고 생각한다. 헐레벌떡 뛰어다니면 그 정열이 가상해서 운명은 약간 비스듬한 초승달 같은 틈을 준다. 그러나 그것도 잠깐이고 언제 그랬냐는 듯이 비구름을 동반한 바람이 슬쩍 초승달을 가린다.
여자는 민과 살던 곳에서 쓰던 살림 도구들을 그곳에 모두 버리고 왔다. 추억이 서린 물건들을 보기가 싫었다. 살림이래야 별로 없기도 했다. 민이 새로 사다 준 수족관만은 이사 오면서 가져왔다. 그러나 수족관 안에는 물고기가 없다. 여자는 자신이 물 밖으로 나온 물고기처럼 여겨졌다. 두드러기가 생긴 것도 다 그 때문이라고 여자는 생각했다. 여자는 수족관의 히터가 잘 돌아가는지 살펴보았다. 민과 함께 꾸몄던 수족관은 버릴 수 없었다.

민과 함께 수족관을 꾸밀 때 여자는 행복했다. 아담한 사각형의 투명 유리 안에서 그녀가 아끼는 키싱구라미가 놀고 있었다. 수족관은 여자가 유일하게 좋아하는 것이었다. 바다색을 내기 위해 파란색의 컬러스톤도 깔았다. 기포기가 뽀륵뽀륵 소리를 내며 수초를 흔들고 키싱구라미는 수초들 사이를 빙글빙글 돌아다녔다. 여자가 어디 갔다 오면 물고기는 더욱 빠르게 가만있지 못하고 왔다 갔다 했다. 여자는 그게 자신을 반기는 거라고 말했다. 민은 그녀가 외로운 거라고 했다. 자신 때문에 가족들과도 연락을 끊고 살고 있었다. 이제 그녀를 놓아주어야겠다고 생각했다. 하지만 그녀는 집착이 강했다. 언젠가 민이 황금빛 구라미 다섯 마리를 사왔다. 모두 돌려줘. 한 마리면 돼. 여자는 사랑이 나눠진다고 여겼다. 한 마리가 죽으면 또 다른 한 마리만 수족관에 넣었다. 여자는 수온을 자주 들여다보았다. 물곰팡이가 피지 못하게 약품을 조금 넣는 것도 잊지 않았다. 물고기가 뭐 사람이냐, 사랑 어쩌구 하게. 넌 참 이해할 수 없어. 민은 여자의 모든 것을 이해할 수 없게 되었다. 여자는 민이 더 원망스러웠다. 민이 사업에 실패하고 대출금 상환이 어려워지자 그들은 자주 다퉜다. 그들은 점점 멀어져갔다.

어느 날 민이 실수로 수족관을 깼다. 사진을 걸기 위해 벽에 못을 박다가 망치를 떨어뜨렸다. 망치의 머리가 수족관 한쪽 벽을 치면서 금이 갔다. 처음에는 금이 간 줄 몰랐다가 물이 다 새나간 다음 날 아침에 알았다. 구라미는 바닥에 눌어붙어 죽어 있었다. 여자는 울고불고 화를 내었다. 민은 한동안 멍하니 바라보다가 나가버렸다. 여자에게 수족관은 민과 자신이었다. 구라미가 자신이라면 푸른 바다는 민이었다. 물과 물고기처럼 떨어질 수 없는 관계. 서로에게 장애가 되지 않는 관계란 없는 걸까. 여자는 늘 없는 것 안 되는 것을 꿈꿨다.

부엌 유리창에 머리를 바짝 대고 바깥을 살핀다. 그 앞에 싱크대가 있기 때문에 허리를 잔뜩 구부려야 한다. 비가 오려는지 날이 흐리다. 어둠과 함께 비가 온다면 여자의 방은 더욱 환하게 빛날 것이다. 벽에 낀 곰팡이들도 더 기세를 올리겠지. 누가 계단을 오르는지 발소리가 들린다. 여자의 위층에 사는 남자다. 문을 여는 소리가 희미하게 들린다. 그는 요리사다. 여자는 그에게 수요일마다 요리를 배운다.

그를 처음 본 건 동네 슈퍼에서였다. 남자의 손에는 물이 흐르는 비닐봉투가 들려 있었다. 물이 뚝뚝 떨어지는 봉투에는 산 것이 들었는지 흔들렸다. 검은 비닐은 조금 비비적거리는 소리를 냈다. 남자는 창피한지 손을 가렸다. 그의 가운데 손가락이 없었다. 계산을 하는 그의 손은 주머니에서 돈을 꺼내어주는가 싶더니 어느새 거

스름돈을 주머니에 넣고 있었다. 표정은 담담했다. 재빠른 손놀림
에 옆에서 물건을 들고 서 있던 여자는 다시 한번 그를 보게 되었
다. 감추려고 애쓰면 드러나게 되는 걸 모르나 보다고 여자는 생각
했다. 잘 보이지 않도록 손의 움직임에 최대한 신경을 썼을 것이다.
여자는 남자의 위장하려는 몸짓을 보고 그가 순수하리라는 것을 짐
작했다.

그를 다시 만난 건 집 앞 공터에서였다. 그곳은 사람들이 마구
쓰레기들을 버려서 구릉처럼 된 곳이었다. 낮은 주택가여서인지
잡쓰레기들이 함부로 버려져 있었다. 쓰레기봉투를 휙 던지고 돌
아서는데 그가 잘 묶은 쓰레기봉투 두 개를 들고 나왔다. 하나는 음
식물을 담은 것이고 또 하나는 여러 가지를 모은 것들이었다. 어
쩜 깔끔하게도 담아 오셨네요. 여자의 칭찬에 얼굴이 붉어졌다. 그
는 쓰레기를 조심스럽게 더미 위에 올려놓고 손을 가볍게 털었다.
손은 희지만 마디가 굵고 억세어 보였다. 남자는 자신이 요리사라
고 말했다. 절대 굶지는 않습니다. 그는 그 말에 힘을 주었다. 요리
사는 어디 가더라도 굶는 일은 없어요. 하다못해 북극에 내버려진
다고 쳐도 말예요. 그곳에도 요리사는 필요하거든요. 그의 눈이 빛
났다. 여자는 남자의 말에 호감이 갔다. 손은 왜 그래요? 여자는 꼭
알아야 할 것이 아님에도 물어보았다. 호텔에서 일할 때였어요. 고
기 써는 기계가 있걸랑요. 거기에 그만 빨려 들어갔어요. 그날은 운
수가 참 나빴어요. 악을 써도 그땐 늦어버렸어요. 잘린 손가락은 다
진 고기에 파묻혀버렸다고 했다.

남자는 가끔 자신이 한 요리를 여자에게 가져다주었다. 간단히 할 수 있는 요리도 가르쳐주었다. 고기를 구울 때 왜 양파를 같이 먹는 줄 알아요? 양파에는 단백질을 분해하는 효소가 들어 있어 고기같이 기름기 있는 음식을 먹을 때 좋지요. 여자가 요리에 자신이 없다고 하자 자신이 가르쳐주겠다고 했다. 일이 끝나고 동료들과 한잔하면 늦을 때가 많다고 했다. 수요일이 좋겠어요. 그날 올라오면 맛있는 요리를 가르쳐드리죠. 여자는 대답을 하긴 했으나 요리를 배워 무엇을 할지 알 수 없었다. 민에게 맛있는 요리를 해줄 수도 없다. 요리사 자격증을 딸 것도 아니었다. 빨리 두드러기나 나았으면 좋겠다고 생각했다. 그래야 무엇이든 새로운 일을 찾을 수 있으리라 생각했다.

싱크대 밑에 귤이 나뒹군다. 너무 오래 방치했다. 아무런 영양도 주지 않았고 줄 수도 없었다. 누군가가 먹어치우지도 않았다. 연약한 상태로 노출이 되어 공기의 끈질기고 암팡스러운 공격을 막아낼 수 없었다. 그 스스로는 어찌 할 수 없었겠지. 푸른곰팡이가 피어 있다. 표면에서 시작된 곰팡이는 점점 내부로 서서히 전이된다. 액체는 썩어 들어가고 빛깔은 주황색에서 누런빛으로 나중에는 푸른빛으로 변하고 형체는 흐물거리는 부정형이 된다. 여자는 그것을 먹어보려고 하다가 쓰레기통에 던져버린다. 서서히 가렵기 시작한다.

수요일은 아니지만 요리사의 집으로 간다. 남자는 무척 반가운 얼굴을 한다. 여자는 가려움을 조금이라도 잊기 위해 남자를 찾았다. 말 상대가 있고 할 일이 있으면 가려움을 약간은 잊을 수 있었다. 약을 먹으면 잠이 왔다. 그럴 때도 가려움이 없어지는 건지 긁는 것을 잊는 건지 견뎌냈었다. 그렇다고 매일 잠만 잘 순 없었다. 여자가 무엇인가 하려고 해도 집중이 되질 않아 무엇도 할 수 없었다. 여자가 병을 고치려고 안간힘을 쓰면 안 될 것도 없었다. 그러나 그녀는 병원에 충실히 다니지도 않았다. 이제는 긁는 동안의 쾌감에 젖어 있었다. 아무에게도 설명할 수 없는 일이었다. 고통과 쾌감의 반복이었다. 여자는 야릇한 생활을 하고 있었다. 그렇게 배워서 되질 않아요. 남자는 단호한 태도로 말을 한다. 여자는 금방 울 것 같은 표정을 하고 있다. 남자는 그저 한번 그렇게 해보는 것이다. 그리곤 얼른 여자를 집으로 들어오게 했다. 달래줄 말을 찾는 것 같다. 아, 그런다고 그렇게 울려고 하면 되나요. 그럼 내가 한 가지 가르쳐 드리죠. 오늘은 가만히 있어봐요. 내가 맛있는 거 해줄 테니. 그는 갑자기 냉장고에서 커다란 생선을 꺼냈다. 연어다. 두드러기에 생선은 먹어선 안 된다. 하지만 두드러기가 났으니 생선을 치우라고 말할 용기가 없다. 연어는 생선 중에서도 영양가가 많고 맛도 좋다. 그가 요리를 하는 동안 여자는 방에 앉아서 주위를 둘러봤다. 남자의 양말이 벗겨져 있다. 옷도 구겨져서 아무렇게나 옷걸이에 걸려 있다. 방을 치운다. 그는 요리나 배우지 뭘 하느냐며 정색을 했다. 젊은 나이인데도 이마에 주름살이 굵다. 애초에 요리에 관심이 있어서 온 게 아니었으니 그가 연어의 껍질을 벗기는 것도 무관심하게 바라볼 뿐이다. 설거지가 나오면 물에 씻기만 한다.

　대신 여자는 남자의 뒷모습을 바라본다. 굵은 목선과 다부진 어깨, 두툼한 엉덩이와 힘이 있어 보이는 허벅지를 살핀다. 유연한 손놀림에 연어는 타닥타닥 도마 위에서 널을 뛴다. 바다가 그리울까. 연어는 이미 그런 상태를 한참 벗어나 있기는 하지만 그래도 바다가 그리울까. 그녀는 그런 생각을 한 자신에게 한심한 생각이 든다. 심하게 가렵다. 남자의 화장실로 뛰어든다. 욕조 위에는 스티커가 붙어 있다. 해조와 금붕어들. 남자가 붙여놓은 건지 아니면 그전에 살던 사람이 붙여놓은 건지는 알 수 없었다. 가려운 곳을 살살 문지른다. 그러나 시원하지 않다. 벽이 흔들린다. 눈이 가려움 때문에 경련을 일으킨 것 같다. 한참을 긁었더니 팔이 후들거린다. 긁는 동안의 쾌감이 좋다. 푸른 정맥을 뚫고 깊숙이 살 속을 파고들어가 뼈 속까지 닿을 것 같은 손. 손끝에서 온몸으로 짜릿하고 화사하게 번져가는 쾌감은 그다음의 통증을 망각하게 한다. 아끼듯이 살살 긁는다. 푸른바다는 투명하다. 살 속의 푸른 정맥들처럼. 민과의 추억은 조금씩 떨어져 나간다.

　남자가 해준 연어 샐러드는 맛이 있다. 머스터드 소스와 다진 양파가 들어간 것쯤은 알 것 같았다. 이거 어떻게 한 거죠. 볼이 미어지게 먹으면서 일부러 눈웃음을 짓는다. 먹기나 해요. 남자는 여자의 접시에 더 덜어주면서 말했다. 좁은 방에서 부부처럼 앉아 식사를 한다. 식사 도중 그가 묻는다. 누가 같이 있지 않았나요? 떠났다고 대답하자 그는 잠시 침묵을 지킨다. 왜냐고 묻고 싶겠지. 왜

요. 내가 싫어졌겠지요. 그는 또 잠시 말없이 여자를 본다. 언제 다시 오겠지요. 아니요, 아주 갔어요. 그는 이제 아무 말도 하지 않는다. 상을 치우고 나자 그는 여자에게 커피를 타라고 주문했다. 여자는 커피 잔을 찾느라고 애를 먹는다. 남자는 그냥 보고만 있다. 찬장 모서리에 다리가 닿자 가려워졌다. 여자는 끓는 물을 쏟을 뻔하다가 간신히 커피를 탔다.

소문이 좋질 않아요. 남자를 자꾸 집으로 끌어들인다고. 남자는 빠르게 말을 하고는 입을 다물었다. 여자의 눈이 갑자기 충혈된다. 그래서 뭐가 어쨌다는 거냐고 다그치고 싶지만 그만둔다. 여자에게는 민이 전부였다. 그리고 민은 전에 살던 곳에서 함께 있었다. 이사를 온 후에는 여자는 늘 혼자였다. 여자는 대꾸하는 대신에 남자의 앞에서 옷을 벗는다. 남자의 손이 어깨를 감싸 안는다. 왜 이렇게 상처가 많아요. 그의 혀가 상처들을 쓰다듬어준다. 비늘들이 날개가 돋친 듯이 올올이 일어선다. 여자는 다시 바다로 나간다.

비가 훅훅 떨어지는 소리가 들린다. 계속 맑은 날이 없었다. 여름 장마 끝에 또 태풍이 북상하고 있다. 벽의 곰팡이는 세로로 줄을 타고 자란다. 습기 때문에 방바닥에서도 퀴퀴한 냄새가 핀다. 몸의 가려움은 한결 덜해졌다. 남자의 덕분이다. 남자에게서는 바다 냄새가 났다. 시리도록 차가우면서 비릿한 바다 냄새. 그와 하나가 될 순 없을까. 물과 물고기처럼 떨어질 수 없는 관계가 될 순 없을까. 그와 매일 함께 자고 일어나고 밥을 먹고 그의 팔에 안겨 거리를 쏘

다닐 수는 없을까. 여자는 푸른빛의 바다에 고요히 숨 쉬는 청어이고 싶었다. 여자는 수족관에서 기를 진주린을 주문했다. 화려한 무늬가 여자의 취향과 맞았다. 수족관의 여과기도 다시 구입했다.

전화 벨 소리에 잠에서 깼다. 비디오 가게 남자의 쇳소리가 들린다. 남자는 말을 더듬는다. 그 그거 다 보셨나요. 그 그러면 좀. 남자는 말을 끝맺지 못한다. 아뇨 아직. 여자도 말을 다 하지 않았다. 남자는 약간 숨을 몰아쉬었다. 여자는 남자의 얼굴을 떠올린다. 남자는 한쪽 얼굴이 일그러져 있다. 균형이 잡히지 않은 턱선이 전체 모양을 한쪽으로 치우쳐 보이게 했다. 아래로 미끄러지듯 붙어 있는 눈썹과 일그러진 얼굴의 부조화로 희극적인 표정이 되었다. 그럼 보시는 대로. 남자는 여전히 말을 끝맺지 못한다. 병신. 여자는 입 모양으로 그렇게 말해주었다. 네, 빨리 갖다 드릴게요. 하지만 여자는 더 가지고 있을 것이다. 그가 언제쯤 화를 내게 될 것인지 보고 싶었다. 여자는 그날 밤의 추행범이 비디오가게 남자일 거라고 확신했다.

병원에 환자는 언제나 한산하다. 오늘도 환자는 몇 명 되지 않는 것 같다. 의사는 깊숙이 파묻히는 가죽의자에 앉아 손을 비비고 있다. 환자가 없어 초조한 것 같다. 벽에는 유명한 대학 박사 학위 증서가 걸려 있다. 의사는 습관적으로 서랍에서 돋보기를 꺼냈다. 처음에는 웃옷을 다 벗어 보였으나 이젠 손만 내밀면 돋보기를 갖다 대었다. 원인을 알 수 없는 두드러기라는 진단이 나왔다. 정신적인

스트레스로 인해 두드러기가 생기기도 한다고 했다. 의사는 곧잘 차트를 채워 나갔다. 가까이 보니 알아볼 수 없는 문자나 기호 따위가 날아갈 듯이 휘갈겨 있다. 뭔가 흡족한 듯 미소 짓더니 볼펜으로 톡톡 책상을 두들겼다. 이제 진료는 다 끝났으니 주사 맞고 가라는 뜻이다. 여자는 뭔가 더 물어볼 말이 있었으나 갑자기 떠오르지 않아 멈칫거리며 일어섰다. 주사실에서 주사를 맞기 위해 엎드렸다. 커튼이 닫히지 않아 의사와 눈이 마주쳤다. 둘은 동시에 황급히 고개를 돌렸다. 잔잔한 물에 파문이 인다.

버스를 타고 오면서 밖을 본다. 간판들이 휙휙 스쳐간다. 하늘은 먹장구름을 이고 있다. 또 비가 오려는지 잔뜩 흐리다. 날이 무덥지 않은 게 다행이다. 소매가 긴 옷을 입고 있어도 아무도 쳐다보지 않는다. 여자는 에어컨 바람을 피하면서 앉았다. 차 안에는 운전수가 틀어놓은 음악이 흘러나온다. 애잔한 트로트가 울린다. 사랑 타령이다. 민에게 영수증을 찾았다고 전화를 했다. 고맙다. 여자는 전화를 끊고 우체국으로 달려갔다. 거기서 다시 전화를 걸어야 했다. 주소를 알려줘. 민의 목소리는 피곤이 덕지덕지 묻어났다. 아니, 됐어. 냈다고 우기면 될 거야. 여자는 갑자기 소리를 질렀다. 주소를 알려줘. 다신 만나고 싶지 않아. 가려움이 또다시 밀려온다. 손가락으로 배와 허리를 쓱쓱 긁어댄다. 쾌감이 전신에 흐른다. 고통과 쾌감이 어쩜 이렇게 맞닿아 있을까. 여자는 황급히 버스에서 내린다.

위층 남자가 일하는 식당의 주인은 여자를 뚫어지게 바라보았다. "그 사람 그만두었소. 잔소리 몇 번 했더니 그만둔다 하길래 그래 잘 가라 했소. 요즘 사람들은 남에게 싫은 소리 요만큼도 안 들으려고 한다니까. 헌데 누구시오? 숨겨둔 마누라라도 되나. 결혼을 안 했다는 말도 거짓인가 베."

여자는 남자가 자기에게 아무 말도 없이 가지는 않으리라고 생각했다. 문을 열었다. 잠겨 있지 않았다. 나무문은 결이 뜯겨 있다. 손잡이에 기대 안을 들여다본다. 여자는 남자가 맛있는 스파게티를 해놓고 기다리는 상상을 했었다. 텅 비어 있다. 쓰레기조차 없다. 남자는 부지런해서 쓸고 닦고 했다. 벽에 튄 김치 국물은 색깔이 옅은 갈색으로 변해 있다. 빈집에는 바람만 가득했다. 언제 떠난 것일까. 왜 여자에게 말도 없이 떠난 걸까. 여자는 그 자리에 주저앉았다. 남자가 떠나간 빈집에는 유난히 못이 많이 박혀 있다. 사는 동안에는 무엇이든 걸려 있어 보이지 않던 작은 못들이다. 남자가 남긴 흔적은 보이지 않던 못들이었다.

비디오가게 남자가 가게 앞에서 여러 사람에게 둘러싸여 있다. 여자는 남자가 아슬아슬하게 보인다. 빈약한 몸이 이리저리 도리질을 당하고 있다. 한 사내가 비디오가게 남자의 멱살을 쥐었다. 번쩍 들어 올린 남자의 두 다리가 대롱거린다. 통이 넓은 바지 속의 남자의 다리는 인형의 다리처럼 힘없이 흔들린다. 주먹이 한 방 조그만 얼굴에 매겨졌다. 비디오가게 남자는 가볍게 날아가서 슈퍼 앞에 벌려놓은 물건들 위로 떨어졌다. 슈퍼 집 남자가 황급히 물건들을 치우면서 화를 냈다. 이 새끼 어디로 넘어지는 거야. 또 다른 사내가 남자의 넘어진 가슴에 발을 짓뭉갰다. 남자는 한마디도 소리를 지르지 않는다. 비디오가게 안에서는 한 사내가 테이프들을 빼내 던지고 있다. 난장판이 벌어졌다. 여자는 창을 조금 열어보고 있다. 여자의 얼굴이 수척하다. 경찰차가 왔다. 사내들은 이리저리 흩어져갔다. 슈퍼 남자는 경찰에게 무언가 열심히 설명을 한다. 경찰은 비디오가게 남자를 싣고 갔다.

문을 여니 비디오가게 남자가 서 있다. 여자는 남자의 모습에 흠칫 놀랐다. 남자는 당장 쓰러질 듯 비틀거렸다. 무슨 일이세요. 여자는 남자가 경찰에서 풀려난 이유를 알 수 없었다. 경찰에 전화를 건 사람은 여자였다. 여자는 확신할 수 있었다. 어둠 속에서이긴 했지만 남자의 모습을 알 수 있었다. 경찰에 알린 것을 보복하러 왔나 싶어 여자의 가슴은 벌떡거렸다. 테이프를 찾으러. 남자는 피가 묻은 손으로 코를 훔쳤다. 이제 가게를 내놓아야겠어요. 그럼 어디로 가시게요. 여자의 마음에 알지 못할 물이 흘렀다. 남자는 대답은 하지 않고 웅얼거렸다. 얼굴이 엉망이다. 늘 입고 다니는 낡은 셔츠의 단추는 떨어져 나가고 없다. 범인이 잡혔어요. 지금 경찰에서 막 잡아들여서 취조를 하고 있어요. 여자는 죄책감에 얼굴이 달아올랐다. 잠깐 들어오세요. 찾아야 하는데. 벌을 서는 아이처럼 남자는 방의 한쪽에 쭈그리고 앉았다. 여자는 TV에 끼워 있는 테이프를 빼내서 나머지 테이프를 모두 쇼핑백에 담았다. 아홉 개였다. 여자가 주문했던 진주린 다섯 마리가 수족관 옆에 비닐에 싸인 채 놓여 있다. 남자는 여자에게 왜 물속에 안 넣었느냐고 묻는다. 좀 넣어주실래요. 남자는 비칠거리며 일어서서 수족관 앞으로 갔다. 물의 온도도 맞고 여기 이것 넣으면 되죠? 수질개선제다. 여자는 고개를 끄덕거려주고 남자의 옆으로 갔다. 잠시 후에 진주린 다섯 마리가 물속으로 헤엄쳐 들어갔다. 여자는 남자의 눈을 보았다. 투명했다. 바다 속처럼 아주 깊었다. 그 바다 속에는 흰동가리도 있고 메기도 살고 있었다. 해수면을 차오르면서 물을 뿜어내는 고래도 있었다. 여자는 비로소 바다에 다다른 듯 긴 한숨을 쉬었다. 그리고 철벅거리며 그 바다 속으로 빠져 들어갔다.

애니천국

애니천국

아까부터 L의 한숨 섞인 신음 소리가 들려온다. 벌써 세 번째다. 나는 한쪽 구석에 쪼그리고 앉아 정체 모를 것들이 뒤섞여 끓고 있는 냄비를 들여다보고 있다. 진갈색의 액체가 바글바글 끓으며 몸을 뒤채고 있다. 야릇한 냄새가 피어 올라온다. 냄비 속에서는 내 열망이 마법의 힘을 애타게 기다리고 있다. 한 번도 시도해보지 않은 주문을 하고 싶지만 아직 만들지 못했다. 사실 이제 와서 주문이 다 무슨 소용이 있을까 하는 의문도 든다. 모든 것이 다 끝났다는 생각이 들자 국자를 든 손에 힘이 없어진다. 처음부터 내 마법이 이렇게 효험이 없었던 건 아니었다. L과 함께 영화를 제작하면서 보냈던 꿈같은 시간들이 모두 마법의 힘 때문이었다. 지금 생각하면 모든 것이 진짜 꿈처럼 느껴진다. 어쩌면 이곳 애니천국에서 처음 남자를 봤을 때부터 내 인생이 꼬이기 시작했는지 모른다.

L은 가끔 코를 훌쩍거리면서 냄새의 정체를 찾는 것 같다. 그는

너무 피곤하고 무기력해져서 아무것도 묻지 않는다. 냄비 속에 온 갖 잡탕이 뒤섞여 끓고 있는 것은 모를 것이다. 이건 단순한 요리가 아니라 엘릭시르다. 마법의 정수. 이 특별한 요리를 위해 별난 수고를 하지 않으면 안 되었다. 그가 더 이상 슬퍼하지 않게 하기 위해서이고 더 이상 괴로워하면서 머리를 쥐어뜯지 않게 하기 위해서이다.

눈을 감은 채 누워 있는 그의 옆으로 다가 앉는다. 그의 손이 티 셔츠 밑으로 들어와 가슴을 더듬는다. 그의 옆에 누워 그가 하는 대로 따라준다. 하지만 오른손은 어깨 위로 들어 올린다. 나를 내려다보는 그의 눈빛이 흔들린다. 그는 나에게 싫증이 났다. 나는 그와 섹스를 같이 할 때에 한 손을 절대 쓰지 않았다. 어떠한 경우에도 한 손은 뒤로 잡아둔 채 아무것도 하지 않도록 했다. 어깨를 붙잡아야 하는 순간에 한 손만은 허공을 휘잡고 있다거나 머리 위로 향한 채 허우적대는 꼴이었다. 왜 한 손은 쓰지 않는 거지? 하고 그가 물었을 때 쉽게 대답할 수가 없었다. 대답을 하지 않자 그는 그것이 내가 쾌감을 느끼는 방식이라고 멋대로 생각하는 것 같았다. 어리석은 생각과 멋대로 짐작하는 것이 어느 정도 맞아 떨어져서 별로 무리 없이 지내게 되었다. 하지만 그런 나의 행동들이 그의 마음을 거스르게 했을지도 모른다는 생각에 마음이 무겁다. 그가 내 마음을 알 수는 없는 거니까. 사실 그런 데에는 별다른 이유는 없었다. 단지 한 손은 마법을 하는 데 필요하기 때문에 섹스를 할 때는 쓰지 않는다는 규칙을 만들어놓았기 때문이다. 그리고 절대로 내 마법을 공개해서는 안 된다는 규칙도 함께 정해놓고 있었다. 만약 내가 마법을 발설하면 모든 것이 수포로 돌아갈 수 있기 때문이다. 내 마법의 일지에 그런 몇 가지 규칙을 정해놓았었다. 그러니 이제 와서 L에게 그런 것을 말할 수는 없는 것이다.

애니천국은 큰 도로에서도 한참 벗어난 후미진 골목의 끝에 있다. L은 서울 변두리에 애니천국이라는 간판을 내건 책 대여점을 냈다. 유령 같은 이 가게를 세내어 나를 앉혀놓고는 취재를 한답시고 나가서 잘 들어오지 않았다. 만화책과 무협지, 그리고 소설책 등이 책장에 가득 채워져 있고 DVD는 몇 년 전 것들이 먼지를 뒤집어쓰고 있었다. 다들 컴퓨터로 다운로드해서 보기 때문에 이젠 잘 찾지 않는다.

나도 다운로드한 영화를 보면서 시나리오를 한 편씩 구상했다. 전해에 이름 있는 공모전에 턱걸이 가작에 당선되는 영예를 안은 것을 마지막으로 더는 어느 곳에서도 손길을 뻗치는 데가 없었다. 내 노트에는 빼곡하게 시놉시스가 수십 편이나 들어차 있고 감독들의 이름과 전화번호가 자잘한 글씨로 몇 페이지를 장식하고 있지만 아무도 내 작품을 신통하게 봐주질 않았다. 나는 이 불운이 어디에서 비롯된 것인지 참담한 마음으로 생각해보았다. 생각은 꼬리에 꼬리를 물면서 늘 같은 패턴의 행동과 사고를 했기 때문이라는 나름의 결론을 내고 있었다. 해는 반드시 동쪽에서 뜨지만 그렇지 않을 수도 있다는 역발상의 사고가 필요한 때라고 마음을 다잡았다.

영화가 끝나가는 시간이 되면 나는 늘 고개를 돌려 창밖을 보곤 했다. 그래봐야 창밖에 보이는 거라곤 간간이 지나는 사람과 체념한 듯 바람에 흔들리는 가로수의 앙상한 가지뿐이었다.

그날도 나는 영화가 끝나는 시간에 고개를 들고 창밖을 보았다. 그 시간에 지나가는 사람들은 나와 시선을 마주치게 된다. 나는 아직도 영화 속에서 빠져나오지 못해 멍한 눈을 하고 있었을 것이다. 주인공과 함께 어두운 거리를 쏘다니다가 허겁지겁 섹스를 나눈 여운이 남아 있어 열에 들떠 있었을 수도 있다. 한 남자가 고개를 숙이고 안으로 들어오는 게 보였다. 남자는 성큼성큼 안으로 들어오더니 책장 앞에 서서 뚫어지게 앞을 응시하고 있었다.
　찬찬히 보니 남자는 인류 최초의 직립 인간 루시를 닮았다. 언젠가 다큐멘터리를 본 적이 있었는데 원시인으로 분장한 배우들이 인류의 먼 과거를 재현하느라 멍청한 표정을 짓고 있었다. 오백만 년전의 인류는 온몸이 털로 뒤덮여 있었고 최초로 걸음마를 시작했기때문에 어깨는 구부정하고 걷는 것도 불안정했다. 내레이터는 루시가 맞아 죽었다고 했다. 나는 복숭아 통조림을 먹으려고 접시 위에 덜어내던 손을 멈추었다. 왠지 복숭아의 반구가 루시의 머리통처럼 생각되어 먹을 수가 없었다. 아직 말을 할 줄 몰랐던 원시인들은 괴상한 소리를 지르고 있었다. 아마도 으아으아(네가 좋아)를 으이으이(네가 정말 싫어)로 잘못 알아들은 또 다른 동료에 의해 죽임을 당한 것이 아닐까. 이건 내 추측이다.

그의 얼굴은 무엇인가를 찾는가 하면 아무것도 찾지 않는 표정이었다. 말하자면 생각이 통일되어 있지 않다는 느낌 말이다. 남자는 먼 고대로부터 이제 막 도착해서 현대인을 재현하느라 애를 먹는 중인 것 같았다. 이윽고 남자는 책을 한 권 뽑아들고 카운터 옆에 있는 소파에 앉았다. 잠시 후에 남자의 손에서 책이 미끄러져 내리는가 싶더니 바닥에 툭 떨어졌다. 나는 그가 읽는 책의 제목을 흘끗 보았는데 제목이 '마법의 백과사전'이었다. 뭐야. 바보를 고치는 마법이라도 찾는 건가? 갑자기 그를 구해주지 않으면 안 될 것 같은 의무감이 들었다. 그러자면 나부터 마법에서 풀려 나와야 할 것이었다. 나는 오래전 마법에 걸려 고통을 주렁주렁 달고 사는 숲속의 나잘난 공주다. 바보와 내가 서로 마법에서 풀려나와 사랑을 하려면 고난도의 주문이랄까 뭐 그런 거라도 있어야 하지 않을까.

남자는 느린 동작으로 책을 다시 집어 들었다. 책은 제대로 읽혀지는 것 같지 않았다. 두터운 입술이 앞으로 돌출되어 책과 가장 가까이 만나고 있었다. 눈의 초점이 어디로 향하는지 따라가보니 그림만 대충 보다가 졸기를 거듭 반복했다. 마법에라도 걸렸는지 깜박깜박 졸다가 책을 덮어버리고는 제자리에 두지도 않고 사라졌다. 물론 루시의 걸음으로 현대적 장식들 사이를 비집고 나갔다고 해야 할 것이다.

마법의 백과사전을 가지고 집으로 돌아왔다. 집은 책장을 옆으로 밀고 들어가면 나온다. 공간을 활용하기 위해 책장들을 밀면 또다른 책장이 나오게 되어 있는데 마지막 책장을 밀면 내가 거주하는 공간이 나온다. 잠을 잘 수 있는 방과 작은 주방도 있다. L은 어떻게 이런 곳을 찾았을까? 그리고 어째서 이곳에 애니천국이라는 이름을 붙였을까? 그러니까 이곳은 전체가 애니천국인 셈이었다. 나에게 이곳은 절대로 천국일 수가 없는데도 말이다.

책 제목은 상대적이고 절대적인 마법의 백과사전이었다. "늑대에게 겁을 주고 싶으면 산토끼 똥을 몸에 바르라. 티티새의 깃털을 집 안에 놓아두면 사람들이 잠드는 것을 막을 수 있다. 투명인간이 되고 싶거든 오디새 둥지에서 발견할 수 있는 여러 가지 색깔의 돌을 몸에 지니고 다녀라. 잠자는 사람에게 겁을 주고 싶거든 원숭이 가죽을 그 사람의 몸 위에 올려놓으면 된다." 이런 마법들은 중세의 유럽에서 유행했던 것이라고 했다. 하지만 지금 늑대에게 겁을 주고 싶은 사람이 있을까? 하고 생각해보면 현대에는 맞지 않았다. 더구나 딱총나무 기름이나 박쥐 피 따위 그리고 오디새의 피 같은 것은 구하려 해도 구하기 어려운 것들이다. 내친김에 마법에 관한 책들을 한 아름 빌려왔다. 마법서들을 제법 진지하게 읽어보았다. 어떤 책에서는 한 시대의 신조는 다른 시대의 미신이며 우리가 현재 품고 있는 신념의 대부분도 언젠가는 미신이라 여겨질 것이라고 했다. 또 다른 책에서는 현재도 사람들 사이에 마법사는 존재하지만 어떤 모습으로 있는지는 알 수 없다는 것이었다. 나는 어쩐지 세상의 모든 바보들이 마법사일지 모른다는 생각이 들었다.

남자를 본 후로 나는 자꾸만 마법의 세계에 관심이 가기 시작했다. 어쩌면 늘 공상에 빠져 있을 때가 많아서 그렇게 되어버렸는지 알 수 없었다. 되는 일이 하나도 없다는 생각이 들어서이기도 했다. 인생은 내게 늘 쓴맛만 보여준다. 어쩌면 사소한 일들이 중요한 사건의 결정적인 요인이 될 수도 있다는 생각이 들었다. 그러니까 아무리 사소한 것이라도 그냥 지나쳐버리면 후회를 남길 수 있다. 자질구레한 것들, 파편 같은 것들 말이다. 언제나 그렇게 흘려버렸기 때문에 직장도 잃고 말았다. 중요한 서류를 휴지통에 버리는 바람에 한 달 만에 쫓겨나왔다. 사랑했던 남자도 떠나버렸다. 모든 게 내 부주의 탓이라는 생각이었다. 그때의 충격은 두고두고 나를 괴롭혔다. 작은 것부터 소중히 해나가지 않으면 안 된다는 생각이 들었다. 남자가 애니천국에 나타난 데에는 어떠한 의미가 있을 것이었다.

벽에는 영화 포스터가 더덕더덕 붙어 있다. L은 자기가 좋아했던 영화의 포스터를 모았는데 벽에 다른 장식을 하는 대신에 모아둔 포스터를 도배하듯이 붙여놓았다. 〈천장지구〉의 포스터와 〈친구〉의 포스터가 나란히 붙어 있다. 스티븐 스필버그의 〈ET〉도 있다. 〈ET〉는 L과 함께 보았던 영화였다. 어떻게 그런 영화를 만들 수 있었는지 놀라울 따름이었다. 외계인과 지구인 아이가 서로 손가락을 마주 대고 있는 장면에서는 따뜻한 감동의 파동을 느꼈다. 그런 명장면을 연출할 수 있었던 건 다 풍부한 상상력 때문일 것이었다. L과 나는 한 모임에서 감독과 시나리오 작가를 준비하면서 만났다. 서로 좋아하는 장르가 비슷하고 바라보는 시각도 맞았다. 우리는 서로 손가락을 마주 대보면서 킬킬거리다가 가까워졌다.

애니천국에서 내가 하는 일은 그다지 없었다. 의욕도 없이 빌려준 책을 돌려받고 또 빌려주고 할 뿐이었다. L은 내게 기다리라는 말만 했다. 전화기 저쪽에서 들려오는 허스키한 목소리를 듣다 보면 사람은 절대 변하지 않는구나 하는 생각이 들었다. 기다린다는 것은 참기 힘든 일이다. 며칠 후나 몇 년 후에 무엇이 어떻게 된다는 것인가? 그 시간 안에 나는 죽을지도 모르지 않은가? 지금 당장 외계인이 저 문을 열고 들어와 나에게 애니천국에서 나가라고 할지도 모른다. 생각해보니 나는 갈 데가 아무 데도 없었다. 내겐 친구가 없었다. 늘 혼자였고 늘 생각이 많았다. 몇 명의 친구들과도 연락을 끊어버렸다. 연락을 끊자 먼지처럼 생각들이 가라앉았다.

L은 아무 말 없이 내게서 떨어져 이불 속으로 들어간다. 나는 무슨 잘못이라도 한 사람처럼 가만히 누워 있다가 다시 냄비 곁으로 다가간다. 그는 이제 공허한 표정으로 천장만 바라본다. 나는 영화 일 말고 뭔가 다른 말을 해주어야겠다는 생각에 남자에 대해 말을 꺼냈다. 아무래도 마법에 걸린 것 같아. 팔을 들어서는 자꾸 엉뚱한 방향을 가리키거나 고개를 숙이고 땅을 보거나 그래. 정말 이상하지. 그러나 그의 귀에는 아무런 소리도 들리지 않는 듯 한숨만 쉰다. 그 소릴 벌써 몇 번째 하는 거니? 그의 건조한 목소리가 들려온다. 그에게서 희망을 사라지게 한 장본인은 투자자다. 더 이상 돈을 대줄 수가 없다는 것이다. 이제 촬영은 중단된 채 모두 뿔뿔이 흩어져버렸다. 배우는 다른 배역을 맡아 살을 뺐고 머리를 잘랐다. 새로

운 투자자를 찾는다고 해도 스태프들을 다시 불러 모으는 것은 불가능한 일이 되어버렸다. 제임스 카메론의 〈타이타닉〉이 생각난다. 점점 침몰해가는, 점점 낙담이 번져가는 그의 얼굴을 보는 것은 괴롭다. 주문만 완성된다면 요리도 끝이다. 동서양의 갖가지 주문을 갖다 붙여보지만 마음에 들지 않는다.

영화가 끝날 때쯤이면 남자는 애니천국 앞에 모습을 드러냈다. 어쩌면 남자는 늘 그 길을 다녔는지 모른다. 그런데도 나는 왜 알 수가 없었을까 하는 생각이 들었다. 평범한 흰색 남방과 구멍 난 청바지 차림이었다. 애니천국 앞을 지나가면서 남자는 항상 내 쪽을 바라보았다. 나와 눈이 마주친 남자는 나를 본 적이 없다는 표정이었다. 구면일 경우 보통 사람들은 나는 너를 본 적이 있다는 눈빛을 보낸다. 횟수가 많아질수록 '나는 너를 참 많이 알고 있다'로 바뀌게 될 수도 있다. 그렇게 너구리 같은 표정을 짓는 인간도 혐오스럽지만 횟수에 관계없이 나는 너를 전혀 모른다는 표정을 짓는 인간은 단절을 넘어 마법에 단단히 걸렸으리라는 생각이 들었다. 남자는 거리를 지나다가 갑자기 노를 젓는 시늉을 했다. 노를 젓다가 한 손으로 뒤를 가리키며 연신 허리를 굽혔다가 폈다가 했다. 손에는 늘 열쇠를 쥐고 있다. 차들이 지나갈 때면 더 그랬다. 그건 마치 이쪽으로 오세요, 잘 모시겠습니다, 라고 하는 호객 행위로 보였다. 아마도 나이트클럽의 기도를 하지 않았을까? 그러다가 차에 받혀버리기라도 해서 정신이 들락날락하는 것인지도 몰랐다. 남자가 오른쪽 모퉁이를 돌 때면 제자리에서 한 바퀴 돈다는 것도 알아냈다. 항상 세 시 방향에서 나타난다는 것도 알았다. 누군가를 기다릴 땐 항상 세 시 방향을 바라보게 될 것 같다. 남자와 가까워져야 한다는 강박이 새롭게 머리에 들어찼다.

거기엔 남자를 보는 날은 재수가 좋다는 이유가 있었다. 내 마음은 이미 그러기로 결정을 내리고 있었는지도 모른다. 희귀성과 특이성, 그리고 가끔씩 가다가 한 번만 볼 수 있다는 것 등이 그날의 운수로 정해졌다. 새가 날아가는데 특히 까치가 동쪽에서 서쪽으로 날아가면 기분 좋은 일이 생기는 거다. 지나가는 차 번호 네 개가 똑같은 숫자이고 수가 높은 수일수록 좋다. 이렇게 운수를 점치는 버릇은 현실을 피로하게 했다. 거리를 걷다가 고개를 들어 하늘을 바라보면 어떤 새가 어떤 방향으로 날아가는지를 살펴야 하고 고개를 내려 앞을 바라보면 지나가는 차의 번호판의 숫자가 어떤 배열을 하고 있는지를 빠르게 알아보아야 하며 고개를 숙여서는 바람에 뒹구는 쓰레기의 크기와 방향에 대해 신경을 쓰다 보면 정신이 어찔할 지경이 되었다. 피로는 점점 더해갔다.

냄비가 끓고 있는데도 주문은 완성되지 않고 있다. 사람들의 입에서 입으로 불려서 닳고 닳은 주문은 안 된다. 누구의 입에서도 불린 적이 없는 주문을 걸어야 한다. 어떤 종류의 마법도 경솔하게 시도해서는 안 된다. 국자로 휘저어본다. 겉으로 보면 그냥 고깃국일 뿐이지만 이 안에 별의별 것을 다 넣었다. 염소의 수염과 고양이 발톱, 참새 똥, 등등 이런 것들을 구하려고 경동시장을 한참 헤매어 다녔다. 아무거나 넣는다고 좋은 것이 아니다. 마법의 힘을 최대한 받을 수 있는 것들이어야 한다.

첫 번째 마법을 걸고 마음에 든 시나리오를 완성했다. 남자를 만나고 얼마 후부터 나는 애니천국에 앉아 마법을 익히기 시작했다. 흑마법이니 백마법이니 하는 것은 기본이고 갖가지 재료를 사다가 기본적인 마법을 걸어보기 시작했다. 그렇게 해서 탄생한 나의 첫 번째 작품이 개구리 뒷다리 마법이었다. 내가 구할 수 있는 것 중에 가장 쉬우면서도 특이한 것은 개구리 뒷다리였다. 말린 개구리 뒷다리를 가스 불 위에 올려놓고 바싹 태웠다. 고기 굽는 냄새가 나고 이윽고 탄내가 났을 때 불을 껐다. 개구리 뒷다리는 새까만 막대기처럼 변해 있었다. 절구에 넣고 찧어서 가루를 냈다. 그것을 종이에 싸서 바지 뒷주머니에 넣고 다녔다. 누가 봤으면 미쳤다고 했겠지만 아무도 모르게 해야만 효과가 있다. 누구라도 보게 된다면 마법은 사라지고 만다. 중세의 마법을 변용한 것이라고 할 수 있었다. 원숭이 가죽이니, 오디새의 피 같은 것을 어디서 구한단 말인가. 먼 곳을 향해 뛰어오르는 개구리 다리에서 힌트를 얻었다. 승진이나 기회 따위가 올 거라는 암시를 불어넣으면 그게 마법이라는 생각이었다.

다음 날 정말이지 신기하게 한 프로덕션에서 전화가 걸려왔다. 내 시나리오가 마음에 든다고 했다. 당장 촬영에 들어가고 싶은데 만날 수 있겠냐고 물어왔다. 외출 나간 고양이처럼 사뿐한 걸음으로 충무로에 나갔다. 뭐가 급한지 시나리오를 거의 수정하지 않고 크랭크인에 들어갔다. 천만 원의 거금이 쥐어졌다. 상대적이고 절대적인 금액이었다. 빗자루를 들고 하늘을 나는 기분이 그럴 것이었다. 나는 마녀처럼 웃었다. 영화는 그럭저럭 세간의 주목을 끌어냈다. 억지로 꾸역꾸역 토해냈다는 표현이 적당할 것이다. 감동은 터무니없는 욕심이고 의욕만 과잉인 채 억눌린 표정만 짓다가 사라지는 주인공의 알 수 없는 내면이 줄줄이 스크린을 메웠다. 현란한 영상 기술이 엉성하고 조잡한 스토리를 대신했다. 상상력의 부족을 테크닉으로 소화하려니 무리가 온다. 아무려면 어때. 상상력의 부재는 나만의 문제도 아니고 어제 오늘의 문제도 아니다. 할리우드 영화가 1, 2, 3으로 순열을 매겨가며 껌 씹듯이 재탕하는 것을 보면 모르나. 언제나 막대한 돈이 들어가는 영화판은 살얼음을 걷듯이 냉정하기만 했다.

L은 어느 날 카메라가 든 가방을 둘러메고 애니천국에 돌아왔다. 내 소식을 들은 것 같았다. 나는 그동안 써놓은 시나리오를 그에게 보여주었다. L은 무척 기뻐했다. 그리고 지독히 창의적이지 못한 표정으로 이제부터 자기가 내게 천국을 만들어주겠노라고 했다. 엔딩 크레딧에 제3감독이라는 타이틀과 그의 이름이 조그만 글씨로 올라온다. 그것도 눈을 부릅뜨고 찾기 전에는 후딱 지나가버려 알 수도 없다. 그의 엉덩이에 개구리 뒷다리 마법을 걸어주었다. 가루를 그냥 엉덩이에 발라주었다. 그러자 그는 곧 정식으로 감독에 데뷔할 수 있는 기회가 주어졌다. 시나리오는 내 작품으로 한다

고 해서 기뻐했지만 마냥 좋아할 수는 없었다. 부지런히 마법의 테크닉을 연구했다. 그는 작전회의를 한다고 뻔질나게 드나들었고 나는 마법을 개발하랴 시나리오를 손보랴 쉴 사이 없이 바빴다. 주인공을 바다에 빠뜨리는 장면을 지우고 바위에서 떨어뜨리는 장면을 넣으라고 해서 모든 작업을 다시 해야 했다. 바쁜 와중에도 그가 드나들 때마다 손수건에 마법의 향수를 뿌려주거나 윗옷 주머니에 마법을 건 볼펜을 꽂아주었다. 그는 일이 너무 잘 풀려서 오히려 걱정이 된다고 했다. 그가 촬영장에서 살다시피 할 때는 그의 옷가지들을 챙겨다 주면서 촬영장 전체에 마법의 가루를 몰래 뿌리느라 골머리를 앓기도 했다.

그런데 어느 순간 영화가 중단됐다는 말에 놀라지 않을 수 없었다. 무엇 때문일까? 마법을 잘못 쓰기라도 했단 말인가? 내가 했던 마법들을 다른 영화 촬영장에 가서 해보기도 했지만 그 영화는 흥행에도 성공했다. 그렇다면 내 마법의 문제는 아닌 것이었다. 그럴수록 나는 더욱 독을 품고 마법에 열을 올렸다. 그래서 검증된 마법사 애니가 되고 싶었다.

나는 매일 마법의 일지를 썼다. 일지를 보니 L의 엉덩이에 붙여준 가루는 너무 쉽게 떨어졌다는 것을 알 수 있었다. 앉았다 일어서면 털려 나간다는 것을 간과한 것이었다. 마법일지를 쓰면서 더욱 세세하게 마법의 계통을 알아갔다. 하지만 더욱 강한 에너지가 나오는 마법을 시도하기가 쉽지 않았다. 남자라면 내게 도움이 될 것 같았다. 남자가 나타나기를 기다렸다가 뒤를 밟기 시작했다. 그가 걷는 거리는 늘 같았다. 좁은 골목 모퉁이에서 한 바퀴 돌고 나오면 찻길에 닿는다. 남자는 몇 번 노를 젓는 시늉을 하고 어깨를 늘어뜨리곤 그 길을 따라 죽 걸어서 그의 엄마가 노점상을 하고 있는 시장으로 갔다. 남자의 엄마는 상추나 무말랭이 따위를 늘어놓고 팔았다. 나이 든 얼굴에 검버섯이 피고 주름이 자글거렸다. 상학아, 이것 좀 먹어봐라, 하면서 손에 든 떡이나 먹을 것을 내밀면 남자는 누가 빼앗기라도 하는 것처럼 잽싸게 낚아채서 먹는 것이었다. 그것을 보는 그의 엄마는 민망해하면서도 흐뭇한 표정을 지어 보였다. 그녀는 내가 옆에 서 있는 것을 보자 혼잣말을 했다.

"저 아가 살짝 저러요."

남자는 멀리까지 가지 않았지만 한곳에서 한참 동안 서 있기도 했다. 그럴 땐 남자 옆으로 가서 말을 걸어보았다. 아이스크림 사줄까? 남자는 아주 친한 사람을 만난 것처럼 헤벌쭉 웃었다. 그러곤 시선을 거두고 지나는 차들을 보았다. 또 시작이군 하고 내가 말하기도 전에 그의 팔이 노 젓는 시늉을 했다. 몇몇의 사람들이 보다가 지나쳐갔다. 남자는 매우 근사한 손을 가지고 있었다. 나는 그 손을 만져보아야 한다는 생각에 사로잡혔다. 빌어먹을 생각이 한 번 스치자 곧 행동으로 실행하라는 명령이 내려왔다.

서늘한 바람이 불던 늦봄이었고 세 시 방향에서 나타난 남자가 천천히 교대 정문 쪽으로 걸어 올라갔다. 어느 정도 거리를 두고 계속 걷다 보면 남자와 친구가 된 것 같은 느낌이 들었다. 길가에 핀 이름 모를 꽃들에 눈길을 주기도 하고 바람에 몸을 내맡긴 채 떠도는 자의 쓸쓸하고 고즈넉한 표정을 지어보았다. 빈 하늘에서는 새가 날고 차들은 천천히 꽁무니를 내빼며 달리고 있었다. 번호판의 숫자가 7000이다. 기분이 좋아졌다. 0은 인도인이 만든 숫자다. 0이 없었다면 인류는 아직도 달에 착륙을 하지 못했을 것이다. 아직도 19세기에 머물러서 손가락을 호호 불며 편지를 쓰고 있겠지. 0은 시작과 끝이 만나는 원을 그린다. 과거와 현재와 미래가 함께 만난다. 과거에 나는 남자와 부부의 연을 맺었었던 건 아니었을까? 라일락꽃이 송이송이 늘어져 향기를 뿜어대고 머릿속은 무척 어지러웠다. 언덕진 길을 걸으면서 남자는 손을 휘저었다. 남자의 손이 그리는 우아한 곡선을 바라보았다. 마법일지를 꺼내서 남자가 팔을 휘젓는 빈도를 적었다. 남자는 교정의 이곳저곳을 기웃거렸다. 늘 지나다니는 곳이라 그런지 익숙한 동작이었다. 교정의 벤치에 나란히 앉아 있게 되었을 때 나는 아무렇지도 않은 듯 남자의 곁으로 바짝 다가가서 살짝 손을 잡아보았다. 그는 별안간 매미 우는 소리를 냈다. 지나가는 여학생이 이상한 눈으로 남자와 나를 바라보았다.

하나의 과제를 해결하자 또 다른 과제가 머릿속에 빙빙 돌았다. 남자가 손에 쥐고 있는 닳고 닳아 반짝이는 열쇠를 빼앗아 오는 일이 그것이었다. 조금 심각하다는 생각도 들었다. 하지만 그것만 해결하고 나면 일상으로 돌아와 내 생활에 전념할 수 있을 것 같았다. 이것은 마법의 일지에 유일하게 노획물로 기록되었다. 하지만 상처가 남았다. 이틀 후 남자는 세 시 방향에서 나타나서 도로를 따라 죽 걸어 올라갔다. 권리분석이라고 크게 써 붙인 부동산과 분식점 등을 지나치고 과일가게도 지나치고 큰길에 접어들었다. 그 길을 가는 동안 어떻게 열쇠를 빼앗을 것인가를 궁리했다. 남자가 느리게 걷는 통에 내가 앞지르기도 했다. 사람이 많은 곳을 선택한 이유는 사람들 사이로 유유히 사라질 수 있다는 생각에서였다. 남자가 노를 저으며 팔을 뒤쪽을 향해 뻗었을 때 그의 손끝에서 반짝이던 그것을 낚아챘다. 그러나 남자도 그 순간에는 무척 빠르게 움직였다. 재빨리 내 팔을 붙잡더니 머리채를 휘어잡고 늘어졌다. 순식간에 일어난 일이었다. 커다랗게 울부짖는 소리가 내 입에서 흘러나왔다. 사람들이 달려들어 뜯어 말렸다. 어떤 사람들은 남자의 뺨을 때리고 두들겨 패기 시작했다.

내가 남자에게 맞고 들어온 날 L은 영화를 완전히 접었다면서 배우 P 양을 험담했다. 그렇게 심란한 얼굴을 하고 있으니 될 게 뭐냐는 거였다. 내게 화살이 돌아오지 않은 것만 해도 다행이었다. 시나리오를 문제 삼자면 한도 끝도 없을 것이었다. 하지만 우회적인 표현을 그렇게 하는 것이라는 것도 알았다. 투자자가 갑자기 손을 접은 것도 시나리오가 조잡하다는 이유라는 후문이 들려왔다. 내겐 새로운 마법이 필요했다. L을 기쁘게 해주고 싶었다. 새로운 투자자가 나타난다면 그는 무덤 같은 이불 속에서 벌떡 일어날 것이다. 그래서 가장 특별한 방식의 마법을 개발했다. 요리를 해서 함께 먹는 것. 그 엘릭시르는 모든 시름을 잊게 해주고 새로운 창조력을 가져다줄 것이었다.

한동안 남자는 보이지 않았다. 남자가 궁금해져서 그의 집 앞으로 가보았다. 집은 낡은 양옥이었고 주변에는 비슷한 집들이 이어져 있어 같은 시기에 지어진 거라는 것을 알 수 있었다. 낮은 담장엔 이끼가 자라 있었다. 남자의 집에는 측백나무가 한 그루 서 있었다. 녹색이 선명하고 키가 큰 잘 자란 나무였다. 마당에는 개 밥그릇이 놓여 있었지만 개는 어디에도 보이지 않았다. 측백나무는 마당 한가운데 심어져 있었다. 집에는 아무도 없었고 주위도 조용했다. 갑자기 고흐의 〈사이프러스가 있는 밀밭〉이라는 그림이 생각이 났다. 불타오르는 듯한 사이프러스를 즐겨 그렸던 고흐. 강렬한 터치와 원색의 조화로 누구도 따를 수 없는 천재성을 드러냈던 남자. 사이프러스는 한 번 자르면 그 후에는 싹이 돋지 않는다고 한다. 그래서 죽음의 나무라고도 한다.

사이프러스, 사이프러스, 불타는 사이프러스 하고 낮게 중얼거려 보았다. 그러자 그것은 주문을 외듯 입에 착 붙는 것이었다. 간절한 무엇인가가 가슴속에서 몽실몽실 피어오르는 것 같기도 했다. 한 번 자르면 그 자리에 다시는 싹이 돋아나오지 않는 나무. 남자는 언제 꿈의 가지가 잘린 것일까. 마당에는 남자의 엄마가 어디선가 모습을 드러냈다. 시어머니다. 라고 하는 미친 상념이, 머리를 비집고 올라왔다.

남자의 집에서 즉석에서 만들어 불렀던 주문을 걸어본다. 사이프러스, 사이프러스, 불타는 사이프러스. 하지만 냄비 속의 국물은 이제 곤죽이 됐다. L이 안 먹겠다고 할까 봐 걱정이 된다. 〈터치 오브 스파이스〉의 라스트에서 한 주인공의 독백이 생각난다. '성찬이 끝나고 슬픔은 디저트로 달랜다.' 마침 마법의 생수에 꿀을 넣은 차와 마카롱을 준비했다. 슬픔에 젖어 있는 그가 맛있게 먹는 것을 보는 건 즐거움이다. 고개를 돌려 L을 부른다. 그는 어느새 밖으로 나가고 없다. 책장을 밀어 애니천국을 통해서 밖으로 나간 것 같다. L은 편지 한 장 남겨놓고 떠나가 버렸다.

"넌 알 수 없는 여자야. 넌 너 자신밖에는 몰라. 이기적이고 차가워. 냉장고 안에 있는 개구리 뒷다리 혼자 많이 먹어. 섹스할 땐 앞으로 두 손을 다 사용하도록 해. 아픈 것도 아니면서. 이젠 다른 사람 만나서 잘 살길 바랄게. 안녕."

그의 카메라도 가방도 모두 보이지 않는다. 그를 사랑했지만 붙잡아두는 마법은 쓰지 않았다. 아마도 그런 마법을 썼다면 그는 나를 죽일지도 모른다. 싫은 사람을 오래도록 바라보는 고통을 견딜 수 없을 테니까.

나는 스티븐 스필버그가 마법사라고 확신한다. 외계로부터 오는 신호를 감지하고 거기에 손가락을 살짝 갖다 댄 최초의 우주 마법사. 손가락 하나로 할리우드를 접수하고 이제는 전설이 되려 한다. 전설은 또 다른 이야기의 강줄기가 되고 호수가 되어 흘러간다. 어느 날 아무도 찾지 않던 호수에 침침한 눈을 부비며 누군가 찾아와 낚시 줄을 드리운다. 사이프러스, 사이프러스, 불타는 사이프러스.

무엇인가 강하게 원하면 이루어진다는 것은 평범한 진리다. 사라진 전설이 내게 말을 걸어줄지 모르는 일이다. 괴테의 파우스트도 서유럽에서 가장 오랫동안 전해오는 전설이었다.

이제는 하나의 시나리오를 써야겠다. 마법의 일지를 펼쳐 다음 장에 쓴다. 카메라는 롱샷. 여자의 독백이 길게 시작된다.

어떤 남자가 내 앞을 걸어가고 있어. 한낮에 해는 뜨거운데 녹아버릴 것 같은 열기 속에서 남자가 내 앞을 계속 걸어가고 있어. 멈추게 할 수는 없어. 이미 시작되었고 예고되었던 사건이야. 그는 내 앞을 걸어가기로 돼 있는 거란 말이지. 누가 그렇게 시킨 것도 아니고 우리는 연기를 하는 것도 아니야. 그저 한 덩어리가 되어 바람을 거스르는 거지. 내게는 바람이 늘 불었어. 나는 늘 돌아가고 싶었어. 저 남자는 이제 나와 한 조가 되어서 함께 찾아 나설 거야.

남자가 내 앞을 걸어가다가 휙 모퉁이를 돌았어. 이 거리는 빤한 거리야. 서두를 것도 없어. 아마 아이스크림 가게 앞에 서 있을걸. "내 말을 잘 들으면 아이스크림을 사주겠어"라고 말했어. 내 말을 못 알아듣는군. 그 점이 맘에 들어. 너무 아는 체하는 남자는 지겨워.

나는 내가 태어나기 전으로 가고 싶어. 엄마의 뱃속 그 이전으로 말이야. 엄마의 뱃속은 따뜻하고 기분이 좋았지. 그렇지만 그 이전의 한 지점으로 가고 싶은 거야. 그때는 기분이 어땠을까? 기분이라는 게 없었겠지. 나라는 것은 어떤 형태로 존재한 걸까. 납작한 홀로그램의 형태였을까. 과연 나라고 불렀을 수 있었을까. 나는 늘 그것이 궁금해. 나는 흐름을 거꾸로 역류해 어떤 지점에 가 닿고 싶어. 몰랑몰랑하고 부드럽고 아늑했던 어떤 순간으로. 누워서 엄지발가락을 빨면서 시간을 응시하고 싶어. 그 공간이나 시간 속에서 자유자재의 내가 되는 거야. 만약 바람이 불어오게 하고 싶으면 잔잔하고 머리카락만 날리게 하는 공기를 생각해. 그 생각만으로 바람은 실재가 돼서 내 머리카락을 슬쩍 치고 달아나. 생각은 아무 여과 없이 현실에 투영되는 거야. 그런 순간이 과거에 있었으리라 생각해. 왜 지금 그게 안 되는 거야. 나를 옭아매는 것들은 다 뭐지. 내가 태어나기 전 엄지발가락을 빠는 것 같은 그 근질거리는 또는 살랑거리는 시간 덩이들 속에서 적어도 돌아가야 할 곳은 생각하지 않았어. 나는 우주의 한 점으로서 그곳에 있을 확실한 존재 이유를 부여받고 어떤 이름으로 명명될 필요도 없이 안도하고 있었던 거야.

그런데 어느 순간 이곳에 대책 없이 던져졌단 말이야. 정말로 대책 없이. 이렇게 막막하게 나를 놓아버리면 어떻게 하냐 말이야. 그래서 곰곰 생각했지. 이건 마법이야. 누군가 저주의 마법을 내게 걸어서 험악한 지구에 던져버린 거라고. 시간이 별로 없어. 마법을 풀어야만 해. 내가 마법에 걸렸다는 걸 잊기라도 하는 날에는 영영 우주 미아가 되어버린단 말이지. 그렇게 되면 내게 마법을 건 누군가는 행복해할지도 몰라.

남자는 아이스크림 가게 앞에서 한참을 서 있다가 다시 걷기 시작했어. 해는 뜨겁게 달구고 머리통이 휘발되는 것 같아. 대기는 바람 한 점 없이 고요하고 숟가락으로 떠낼 수 있을 것 같은 침묵이 우리 사이에 흐르고 있어. 남자가 내 앞을 걸어가. 그의 걸음은 빠르지 않아. 오히려 무진장 느려서 내가 앞지르기를 해. 그의 옆을 스쳐 지나가며 고개를 돌려 옆을 보니 비지땀을 흘리고 있어. 그 표정은 슬픈 듯도 하고 우는 듯도 해서 가슴 한쪽이 살짝 아파와. 나는 그의 눈이 무척 좋아. 나를 마주칠 때마다 전혀 나를 모르는 표정을 짓거든. 그 무심함이 비릿하게 콧속을 후비고 나를 자극해. 태어나서 처음으로 감동을 받은 것 같아. 새로운 흥분이 돌기를 일으키고 열에 들뜬 머리가 가라앉는 것 같아.

남자가 걸음을 멈추고 신호를 보내기 시작했어. 두 팔을 벌리고 차도 쪽으로 내려서서 지나가는 차들을 부르는 거야. 그 몸짓은 야릇하고 우스꽝스러워. 하지만 너무나 진지해. 팔로 노를 젓는 것 같은 시늉을 하다가 엄지손가락을 치켜세우며 뒤를 가리켜. 그가 가리키는 쪽은 건물들뿐이지. 균열이 가기 시작하는 낮고 더러운 건물들과 골목들이 이어져 있어.

그 골목들의 끝에는 네 명의 귀머거리 할머니들이 그늘진 곳에 앉아 있어. 머리는 하얗게 세가지고 다 빠진 이를 드러내며 웃고 있는 귀먹은 늙은이들이 어떻게 네 명이나 앉아 있는지 모를 일이야. 세포분열이라도 한 건지 분간을 할 수 없어. 이건 필시 마법일 테지. 그 골목의 벽들에는 기저귀같이 하얀 종이들이 나달거리는데 까만 활자들이 시무룩하게 박혀 있지. 깔세를 놓습니다. 500/30

만. 한 달에 삼십 만원씩 까다보면 일 년하고도 오 개월을 살 수가 있어. 그 정도면 충분하지, 안 그래. 불안정한 행복이 참 멋지지 않아? 그 사람은 일 년 오 개월 동안 오백을 모으기만 하면 돼. 그렇게 살아가는 거지. 만약 간이 나쁘다거나 암이 몸을 좀먹고 있다거나 해서는 절대 안 돼. 걸어가다가 시비가 붙어 머리가 깨져서도 안 되고 술 처먹은 자동차를 들이받아도 안 된다고. 나쁜 병에 걸린 것처럼 마법에 걸리면 좀처럼 그것을 풀 수가 없어. 지독한 일이야. 그것을 풀어줄 사람이 있어야 하는데 아무나 그를 찾아낼 수 없다고.

잠시 혼란스러웠던 자동차들은 다시 길을 가기 시작했어. 다행히 그를 향해 욕하지는 않았어. 그가 그렇게 열성적으로 가리키는 곳은 아무도 거들떠도 보질 않아. 아무도 그가 가리키는 방향이 우리가 떠나온 곳이란 걸 모르겠지. 그가 행한 것은 일종의 의식이었어. 나는 그것을 알 수 있어. 남자가 계속 같은 행동을 반복하는 것을 보면 약간의 규칙이 있다는 것을 알 수 있어. 남자가 내 앞을 걸어가고 있어. 조금만 고개를 돌려도 안방을 쉬이 보여주는 가냘픈 거리를 걸어가고 있어. 난 그와 사랑을 하게 될 것 같아. 이 길이 끝나는 곳에서. 모두가 쉽게 들여다볼 수 없는 마법의 커튼을 내리고.

애니천국에서는 푸른 모래바람이 분다. 그 바람은 안에서 불어 밖으로 새어 나간다. 그건 누군가 그 안에서 마법의 주문을 외우고 있기 때문이다. 그 주문이 무엇인지 잘 들어보면 알 수도 있을 것이다. 다만 애니천국으로 가야만 알 수 있다. 나는 오늘도 그곳에 있다. 내게 말을 걸어줄 전설을 기다리면서. 애니천국. 나의 영원한 천국.

민자네 베이커리

민자네 베이커리

기다란 탁자 위에 식빵들이 나란히 엎드린 채 썰어지기를 기다리고 있다. 민자는 그중 한 개를 집어 들었다가 아직 식지 않았음을 알고 내동댕이치듯 내려놓았다. 식빵은 몸살을 앓듯 부르르 떨다가 멈췄다. 오전 열 시다. 사람들이 따뜻한 빵을 사러 올 시간이다. 문밖에 세워둔 메뉴판에는 시간별로 구워져 나오는 빵 이름이 적혀 있다. 보드 메뉴판을 세워놓으면 제대로 된 베이커리가 될 것 같다고 민자는 생각했다. 시간별로 구워져 나오는 신선한 빵을 사람들은 더 좋아하기 때문이다. 아홉 시에는 식빵과 바게트, 열 시에는 도넛, 열두 시에는 쿠키와 샌드위치가 나온다. 하지만 그렇게 적혀 있을 뿐이지 시간에 맞춰 나오는 적은 거의 없다. 민자는 주방장에게 몇 번이나 시간에 맞춰서 빵을 만들라고 말했지만 알았다는 대답만 들었다. 민자는 주방장이 자신의 말을 건성으로 듣는다는 것을 알고 화가 났다. 어째서 자신의 말을 들어먹지 않게 되었는지 짐

작은 하고 있다. 그렇다고 내보낼 수도 없어 전전긍긍하고 있다. 손님이 요즘 부쩍 늘어서 빵이 많이 팔리기 때문이기도 하고 남편인 사장이 감싸고돌기 때문이다. 민자는 점점 건방이 도를 넘는 주방장을 언젠가는 내보내야겠다고 별렀다.

사람들도 이제는 그 시간에 맞춰서 오지는 않는다. 민자네 가게에는 만드는 사람이나 사러 오는 사람들이 모두 아무 때나 만들고 아무 때나 사러 온다. 한두 번 그렇지 않다는 것을 안 사람들은 이제 아무 때나 만들어진 빵을 사 먹고 만다. 갓 구운 빵이 곰보빵이면 곰보빵을 사 가고 베이글이면 베이글을 사 갔다. 또 호박빵을 사러 왔다가 치즈 케이크를 사가기도 한다. 특별히 까다로운 손님은 없다. 민자는 그건 좀 이상한 일이라고 혼자 생각했다. 빵을 만들어 판 지 십오 년도 넘었지만 이렇게 쉽게 장사를 하는 때는 없었다.

민자네 빵집은 이곳에서 자리 잡은 지가 십 년이 넘었다. 남편과 빵집을 운영하면서 청춘을 흘려보냈다. 민자는 얼굴에 이끼가 앉듯이 기미가 생기는 것이 두려웠다. 주름도 점점 늘고 볼살이 늘어져 옛날의 풋풋함은 조금도 찾을 길이 없어졌다. 그녀는 앞으로 흘러내린 머리칼을 쓸어 올리며 쇼케이스 안을 본다. 생크림 케이크와 버터크림 케이크가 진열된 쇼케이스 안쪽은 커다란 거울로 되어 있어 빵을 더 많아 보이게도 하고 색감이 풍부하게 보이게도 한다. 그 거울을 보는 것이 습관이 되어버렸다. 이제 마흔을 갓 넘어섰을 뿐인데 눈 밑에 그늘이 드리워져 있다. 꼼꼼히 화장을 해도 어쩔 수 없다. 옷이라도 제대로 입어야 구겨진 인상을 남기지 않는 나이가 되었다. 그건 정말 자신과의 싸움이라고 해도 좋았다. 다리미로 펼수도 없고 대패질도 할 수 없으니 할 수 있는 거라곤 기막힌 화장술과 액세서리 따위에 기대는 것밖에 없다.

상가 모퉁이에 위치한 민자네 빵집은 사거리를 사이에 두고 초등학교와 대각선을 이룬다. 그녀는 무심히 창밖을 내다본다. 도로건너 주공아파트 담장에 햇살이 달라붙어 곰실거리고 그 빨간 벽돌안쪽 플라타너스는 간지러운 손가락을 살살 비빈다. 봄기운이 완연하다. 어린 아이들이 파란 신호등이 켜지자 빗속을 뛰어가듯 콩콩 건너간다.

열 평이 조금 넘는 가게는 매장과 주방이 허리쯤 되는 칸막이를 중심으로 이등분되어 있다. 매장이 좀 더 넓긴 해도 쇼케이스와 빵진열대 그리고 조그만 탁자를 제외하면 사람들 몇 명만이 설 수 있을 뿐이다. 유명제과 제빵회사의 프랜차이즈가 아니라 영세한 빵집이라서 낡은 기구를 쉽게 바꾸지 못했다. 오븐도 오래 쓴 나머지 타이머가 제대로 작동하지 않았다. 그 오븐에선 너무 익숙한 빵들만 구워져 나왔다. 사장인 민자의 남편도 기술자였다. 하지만 몇 가지의 빵밖에는 만들지 못하는 데다가 다른 기술을 익히기에는 나이가 들기도 했고 기력이 없기도 했다. 그는 점점 경영난이 심각해지자 고민에 빠졌다. 계속 같은 빵만 만들다가는 문을 닫을 날이 오고만다. 그렇게 되도록 놔둘 수는 없다. 그래도 전에는 하루 매출이 주변에서 가장 많았던 적도 있었다. 같은 장소에서 같은 기계로 만든 똑같은 빵이었는데 사람들의 입맛만은 예전하고 달라졌다. 도저히 그 입맛을 맞출 도리가 없어졌다. 기술이 달렸다. 그래서 싼 기술자를 한 사람 데려왔는데 사람들의 반응이 가지각색이었다. 그러나 조금씩 매출이 나아지고 있는 것만은 사실이었다.

주방장의 크고 새카만 두 눈이 반죽을 하는 손에서 떠나와 그녀를 흘끗 쳐다본다. 미스터 리 베이비슈 아직 안 나왔어? 민자는 짜증을 내지 않으려고 목소리를 가늘고 높게 울리게 했다. 그러나 아무 소용 없다는 듯 주방장의 대꾸는 퉁명스럽다. 이제 나와요. 그는 반죽 덩어리를 들어 올렸다가 소리 나게 반죽 도마 위에 내치고는 오븐기로 돌아섰다. 민자는 어이가 없어서 손님이 들어와 있는 줄도 모르고 그의 뒤통수를 쏘아보았다. 이제 더 이상 참을 수 없다. 종업원이란 녀석이 건방지기가 이를 데 없는 것이다.

아이구, 어서 오세요. 그녀의 낯빛이 손님이 들어선 것을 알아챈 순간 비굴하면서도 상냥하게 돌변한다. 몸에 밴 상인으로서의 기질은 머리와 가슴을 따로 분리시켜놓았다. 바게트 한 개 썰어주세요. 손님은 부스스한 차림으로 바게트를 먹기 전에는 아침이 아직 오지 않은 거라고 말하고 싶은 나른한 표정을 짓는다. 민자는 몽둥이처럼 뭉툭하게 생긴 바게트를 매장과 주방의 칸막이 너머로 들이밀었다. 이것 좀 썰어줘! 목소리는 아직 분이 풀리지 않았으나 할 수 없이 참는다는 어조의 억눌림이 배어 나왔다. 썰어가세요. 주방장의 목소리는 차분하고 느릿하다. 눈치고 뭐고 없다. 하는 수 없이 손님에게 싱긋 웃어 보이고는 바게트를 들고 주방으로 들어간다. 톱처럼 생긴 나이프로 모양 좋게 자르고 있는데 옆에서 반죽이나 하면 될 것을 쓸데없이 참견한다. 더러운 데다 놓고 썰면 어떻게 해요. 민자는 눈썹을 그러모으고 주방장을 째려보았다. 손가락에 경련이 이는 것을 간신히 참으며 침을 꼴깍 삼켰다. 반죽판 위에 놓고 써는 게 뭐가 더럽다고 손님 앞에서 핀잔을 주냐 말이다. 늘 그렇게 해오던 일이 아닌가? 더군다나 손님은 바로 코앞에서 이쪽을 넘겨다보려고 고개를 쳐들고 있다. 손님의 얼굴에 약간 미심쩍은 표정이 떠오른다. 칸막이 때문에 잘 알아듣지 못했을 거라고 생각하고 재빨리 봉투에 담아 거스름돈과 함께 내밀었다. 하하 금방 나온 바게트는 고소한 게 맛이 그만이죠. 자, 생크림은 서비스예요. 손님은 어색한 미소를 지으며 자기가 방금 겪은 일이 꿈속이라도 되는 양 믿을 수 없다는 얼굴로 나간다.

민자의 입술이 무엇인가를 말하고 싶어 꿈틀거린다. 일그러진 입가에 조소가 어리고 두 눈은 증오로 이글거리고 있다. 주방장의 숱이 많은 머리는 밀가루가 풀풀 날려 올라가 수세미처럼 엉겨 붙기 시작했다. 오후가 되면 희끗희끗해져서 훨씬 나이 들어 보인다. 거무칙칙하게 삭은 피부에다 눈썹 사이가 멀어서 언제나 유감이 많은 빛을 하고 있다. 삼십 중반을 넘어선 그는 두어 번 사업 실패와 또 두어 번의 쓰라린 실연을 겪어놔서 술로 달래온 시간이 많았다. 그래 그런지 도무지 말이 씨알이 먹혀들지 않고 제멋대로인 것이다. 흰 앞치마는 얼룩이 묻고 청바지는 살이 없는 다리에서 멋쩍은 듯 휘적거려 볼품없는 꼴을 하고 있다. 게다가 숱이 많은 머리와 검고 큰 눈은 고집이 세고 억센 인상을 풍겼다. 그런데 남편이 다른 것을 양보해도 주방장만은 싸고도는 폼이 뭔가 예사롭지 않은 관계인 듯했다.

　그녀는 요즘 새 멋이 들었다. 거울도 자주 보고 화장도 짙어졌다. 옷도 구색을 맞춰 여러 벌 구입했다. 있으나 마나 한 남편에게 염오가 싹튼 지 오래되었다. 그동안 내성이 생겨 그럭저럭 견뎌내고 있지만 무능력에 무관심에 한계가 느껴졌다. 그런 터에 일하는 직원조차 자신을 무시하고 건방을 떠는 데는 무어라 할 말이 없었다.

　민자는 식빵을 빵 써는 기계에 얹으면서 시계를 들여다본다. 덜덜덜덜. 빵이 살이 떨리는 진동에 맞춰 잘려 나온다. 부드럽고 연한 하얀 속살들이 유혹하듯 드러난다. 네모난 얼굴을 한 빵들이 일렬로 서서 인사를 건네듯 한쪽으로 쓰러진다. 민자는 쓰러진 빵들을 살포시 세워서 봉투에 담는다. 약간의 온기가 남아 있는 몰랑한 빵을 만지는 것이 민자는 기분이 좋다. 아기들을 보듬어 안는 느낌이 든다. 전화벨이 울리자 주방장이 반죽하던 손을 멈추고 전화벨 소리가 나는 쪽으로 고개를 돌린다. 민자 씨, 어떻게 지내셨소? 텁텁한 목소리는 기다리던 목소리의 주인공 이씨다. 그녀는 반가운 마음에 목소리가 커진 것도 모르고 대답했다. 잘 지내요. 요즘 바쁘신가 봐요. 하다가 주방장을 흘끔 쳐다보고는 빵 써는 기계를 다시 켰다. 덜 덜덜덜 진동 소리가 요란하게 좁은 빵집 안에 울린다. 저녁에 거기서 봅시다. 하는 말을 끝으로 빵 써는 기계 소리도 잦아들었다. 그녀는 지금 자신을 아니꼬운 듯 쳐다보는 주방장을 내보내고 말겠다는 결심을 굳게 세웠다. 사악하리만치 독한 마음이 되어 '저

인간을 어찌 처단할 것인지'를 곰곰 생각했다. 벌이 한 마리 어디선가 날아들었다. 이른 계절에 날아든 벌은 여기저기 부딪치다가 유리창에 부딪쳐 나가떨어졌다. 벌떼가 이 빵집을 습격한다면, 그녀는 엉뚱한 상상을 한다. 그리고 저 주방장을 물어뜯어준다면 좋겠다는 생각을 한다. 독침으로 부어올라 분간을 할 수 없게 된 녀석을 오븐기 안에 넣어 하루 낮 하룻밤 동안 노릇노릇하게 굽는다. 빠삭한 상태에 버터를 발라 기름을 쳐두리라. 그리고 몰래 남편에게 조금씩 먹여버리리라.

주방장은 사장에게서 지령을 받고 있는 것 같았다. 그의 단순한 머리는 자신을 믿고 의지하고 있는 늙은 사장에게 아내를 찾아주어야겠다는 공명심으로 불타올랐다. 아내의 행실이 조신하지 않음을 깨달은 사장은 달리 누구에게 말할 수도 없어 저녁 술자리에서 주방장에게 아내를 감시해달라는 부탁을 하고 만 것이었다. 둘은 공모 관계에서 비롯된 동료 의식으로 남다른 친밀감을 느꼈고 은밀한 눈빛으로 대화하는 사이가 되었다. 아내의 부정을 아무도 모르게 밝히고 어떻게든 돌아오게 할 수단으로서 가장 가까이에 첩자를 심어둔다는 것이 사장의 생각이었다. 하지만 아둔한 머리로 계산된 것이라 만천하에 밝혀지는 것은 오히려 자신의 궁상맞은 처지일 뿐이었다. 둘은 밤마다 술을 퍼마시며 한 여자의 바람기와 애정 행각을 안주 삼아 씹어댔다. 사장은 그게 다름 아닌 아내라는 것이 가슴이 쓰라리면서도 달리 방도가 없다는 데 절망감을 느꼈다.

민자는 서운한 마음이 들었다. 그리웠던 것이다. 저번에 드라이브 갔을 때를 생각하니 얼굴이 달아올랐다. 이씨가 차를 몰고 간 곳은 엉뚱하게 공동묘지였다. 도심 반대편에 큰 공동묘지가 있다는 것은 알았지만 드라이브를 공동묘지로 간다는 것은 상상도 못 해본 일이라 민자는 키득거리며 사방을 둘러보았다.

제법 큰 산들이 겹쳐져 있고 그 산들 사이마다 둥근 묘지가 수도 없이 들어찼다. 민자나 남편이나 고향이 다른 먼 지방에 있는 소도시라 조상 묘가 그곳에 다 있었기 때문에 이곳에 올 일이 없었다. 꾸부렁꾸부렁 산 위를 오르는 좁은 도로를 차는 기어가듯 조심조심 밟았다. 차 한 대가 지나갈 수 있을 정도여서 위에서 차가 내려올 때는 난감하게 서로 밀고 당기며 고난도의 곡예를 펼치지 않으면 안 되었다. 그래도 민자는 좋기만 했다. 산꼭대기까지 힘들이지 않고 갈 수 있다는 것이 좋았고 산에는 또 얼마 만이던가. 아침 일찍부터 저녁까지 빵집에서 시달리고 쉬는 날도 거의 없었다. 남들은 빵집이라고 하면 편하게 먹고 노는 줄 안다. 그렇지만 빵집처럼 일이 많은 곳도 없다. 특히 미련한 주방장하고 하루 종일 같이 붙어 일을 하는 것이 더 힘들었다. 꼴에 일거수일투족을 감시한답시고 전화벨 소리가 울리거나 시장에 잠시 무엇을 사러 가는 것까지 예의 주시하는 것이었다.

"산꼭대기에 올라가면 시내가 훤히 내려다보이죠. 하하."

뭐가 좋은지 이씨의 넓적한 얼굴이 웃음으로 가득 차 있었다. 누가 볼 염려도 없구요. 딱 좋습니다. 민자는 차가 굴러떨어지지나 않을까 걱정이 되어 차창 밖을 보았다. 현기증이 났다.

"아유, 어지러워요. 이런 곳에는 왜 와가지고."

그녀는 엉겨 붙을 듯이 팔을 뻗으며 소리쳤다. 한 손은 벌써 이씨의 팔을 잡았다.

"걱정 마세요. 조금만 가면 아주 넓고 좋은 곳이 있으니까요. 흐흐."

그는 열쇠를 만드는 기술을 가지고 있다. 수많은 닫힌 집들과 방문과 차들을 열어 보였다. 그 기술로 지금은 민자를 꼬셔서 열어보려고 하는 있는 것이다. 그들은 벌써 반년 가까이 만나고 있다. 덜미가 잡힐 만한 때도 된 것이다. 벌써 눈치 빠른 눈들과 촉새 같은 입들이 그들을 쪼아대는지도 모른다. 그래서 좀 더 멀리 가야 했고 좀 더 은밀한 곳을 찾아다니느라 애를 먹는 것이다.

하늘은 노을이 번져 산 위를 주홍빛으로 물들였다. 무덤 속에서 피는 꽃처럼 보였다. 민자는 가슴속에서 무엇인가 몽글거리며 피어오르는 것을 느꼈다. 정체도 알 수 없는 그것은 차츰 부풀어 오르고 올라 자꾸만 커져서 어디론가 날아갈 것 같았다. 어둠이 산속에서 점차로 옅게 번져 나갔다. 꼭대기까지 올라가지 않고 차는 옆으로 빠졌다. 차 한 대는 넉넉히 주차할 수 있는 공간이 있었다. 억새풀이 어린아이 키만큼 자라 무덤가를 에워싸고 있었다. 이씨가 차의 시동을 껐다. 고요히 잠자듯 한 무덤이 두서너 걸음 물러선 것처럼 보여 그녀는 이씨의 팔에 매달렸다. 아유, 무서워라. 이씨는 웃으면서 그녀를 감싸 안았다. 망자는 말이 없는 법이오. 귀신이니 뭐니 하는 것도 사람이 지어낸 것뿐이지. 퍽 사색가인 척 나불대지만 그의 속셈은 그저 그녀의 속살을 더듬는 데 있었다. 블라우스의 단추를 한 개 끄르고 커다란 손을 불쑥 집어넣어 젖무덤을 쓰다듬었다. 민자는 기다렸다는 듯이 숨을 몰아쉬면서 드러누웠다. 창밖으로 보이지 않는 어둠 속에서 수많은 눈들이 차 안을 들여다보고 있는 것 같았다. 그 눈들은 한쪽이 찌그러져 있기도 했고 얼굴이 닳아 없어진 것도 있었다. 창문에 코를 박고 들여다보는 것, 손바닥으로 긁는 것, 혀를 창에 대고 있는 것도 있었다. 민자는 창문 밖을 보지 않으려고 눈을 꼭 감았다. 어둠이 죽은 자와 산 자를 뭉뚱그려 핥으며 하나의 풍경을 만들고 있었다.

가게 안은 더운 김으로 후끈거린다. 계속 빵이 구워지고 있는데 밖은 날이 쌀쌀하다. 아직 이른 봄이라 오가는 사람들이 옷깃을 부여잡고 놓지 않는다. 주방장은 가스 불 위에 기름 솥을 얹었다. 도넛을 튀기기 위해서다. 엎드려 앉은 등 뒤로 파란색 팬티가 비어져 나와 보였다. 그건 트렁크였는데 고무줄이 팬티를 꽉 쥐고 있는 것처럼 보인다. 가는 허리를 휘감은 그것은 바지와 다른 방향으로 틀어져서 지금 튀겨내려는 꽈배기처럼 꼬여 있다. 가는 팔과 가는 다리 가는 손 모든 게 다 가늘다. 2차 발효된 꽈배기 반죽을 끓는 기름에 넣자 꼬인 부분이 보기 좋게 부풀어 오른다. 민자는 주방장이 도넛을 튀겨낸 것을 설탕에 버무린다. 일회용 비닐장갑을 끼고 하나씩 돌려가면서 반짝거리는 것이 골고루 묻게 했다.

고소한 냄새가 문을 열고 밖으로 줄달음쳐 나갔다. 자신의 임무이기라도 하듯 뛰쳐나가서는 사람들을 끌고 올 것이다. 빵가게를 분주하게 해주는 것은 다름 아닌 냄새다. 그 냄새가 쥐새끼를 몰고 오는 것도 어쩔 수 없다. 바퀴벌레도 그 가족들을 한 소대씩 몰고 온다. 바퀴 가족들은 가끔 엉뚱한 곳에서 나왔다. 바퀴벌레 버거가 된 것처럼 빵 가운데 온몸을 뉘이고 섹시하게 죽어 있는 것이다. 손님은 이맛살을 찌푸리면서 소리쳤다. 이런 걸 먹으라고요? 민자는 그 빵을 주방장에게 먹여버리고 싶었다. 주방장은 밀가루를 뒤집어 쓴 것처럼 하얗게 질려서 중얼거렸다. 원래 그래요. 원래 빵가게에는 벌레가 많다고 말하고 싶었는지 모른다. 하지만 앞뒤를 잘라낸 말은 허공에서 다른 말로 둔갑해서 민자의 귀에 들린다. 저는 원래 그런 놈입니다. 그래, 넌 원래 그런 놈이었어. 사람을 우습게 알고 말이지. 민자는 주방장을 언젠가는 꼭 내보내리라 다짐을 했다.

주방장의 얼굴엔 땀이 송골송골 맺혔다. 마음이 다급했다. 빨리 도넛을 튀겨내고 상가 밖으로 나와 전화로 사장에게 보고해야 할 것이 생긴 탓이다. 사뭇 진지한 얼굴로 팥 도넛과 찹쌀 도넛을 튀겨낸다. 끓는 기름은 온도를 대략 짐작으로 재기 때문에 매일 색이 다른 도넛이 만들어졌다. 도넛들은 뒤뚱거리며 부풀어 오르는 것이 강에서 사이좋게 헤엄치는 오리 같다. 주방장이 튀겨진 도넛을 거름망으로 건져내면 민자는 그것을 설탕 바구니에 담는다. 일하는 동안 서로 말이 없다. 그러다가 주방장이 갑자기 뛰어올랐다. 민자는 놀라서 설탕 바구니를 놓쳐버렸다. 설탕이 사방에 튀고 도넛은 어디론가 날아가버린다. 복도로 통하는 문 앞에서 도넛을 주우며 민자는 체념 어린 얼굴로 돌아본다. 오븐기를 열어본 주방장은 빵이 조금 탄 것에 안도한다. 빵들은 해변에 눕혀놓은 아기의 뺨처럼 한쪽만 가무스름하게 그을렸다. 빵들은 시간이 생명이다. 노릇노릇하고 고소한 빵을 만들려면 시간을 잘 재야 한다. 타이머가 제대로 작동하지 않는 오븐기이기 때문에 수시로 시간을 체크한다. 그러다보니 갑자기 잠 깬 사람처럼 후다닥 일어나기 일쑤였다.

주방장은 화장실에 가는 척하면서 밖으로 나간다. 상가 복도를 지나서 건물 밖으로 나가 은행나무 그늘에 섰다. 전화기를 꺼내들고 사장에게 전화를 건다.

사장님, 지금 뭐 하세요.

뭐 하긴 전화 받고 있잖아.

지금 그렇게 태평하실 때가 아니에요. 전화가 왔어요. 전화가.

뭐? 누구한테서.

누구긴요. 그 인간한테서죠. 이따 밤에 만나기로 한 것 같아요.

사장은 말이 없다. 공동묘지의 입구까지는 잘 따라갔었다. 노점에서 꽃을 파는 행상들도 지나치고 묘석을 만드는 곳도 지나고 산으로 오르는 입구까지는 잘 따라갔었다. 그런데 더 이상 올라갈 수가 없었다. 그곳까지는 정답게 뒤에 따라붙었었다. 사장은 그것이 미행이라는 것도 잊고 있었던 것이다. 그러다가 산 위로 오르는 곳에서 그들을 계속 따라붙었다간 들통이 난다는 것을 깨달았다. 그곳에서 할 수 없이 멈춰서야 했던 지난날의 고통스런 기억이 되살아나 맥이 풀려버린 것이다. 이번에는 어느 곳까지 미행해야 할지 두렵고도 괴로웠다. 그리고 그들을 기다리는 고통은 참을 수가 없는 것이었다. 이번이 마지막이다 하면서 속으로 다짐을 했었다. 마지막이면 어찌할 것인가. 하는 것까지는 생각이 미치지 못했다. 아내가 없으면 살아갈 자신이 없었다. 아예 못 나가게 해버리자고 의견이 모아졌다. 주방장과 서울로 물건을 사러 가는 것으로 했다. 그러면 민자는 빵집을 지켜야 하기 때문에 약속 시간에 나갈 수 없다는 결론이 나왔다. 둘은 기발한 생각을 해냈다는 것이 기뻐서 눈물이 나올 지경이었다. 어떻게 그런 생각까지 해냈느냐고 사장은 주방장을 칭찬했다. 제가 원래 머리가 참 좋았어요. 어쩌다 보니 이렇게 되긴 했지만. 그러면서 어떻게 이렇게까지 전락했는지 한참을 주절거리고 난 후에 전화를 끊었다. 사장은 그의 그런 넋두리를 수도 없이 들었다. 들어주어야 자신도 넋두리를 할 수 있다는 것을 알고 있기에 앞으로도 계속 끊임없이 반복되는 그의 얘기를 들어줄 것이다.

사장은 오전에는 바둑을 두거나 놀다가 오후 여섯 시에 민자와 교대로 가게를 본다. 민자는 집에 들어가서 저녁을 차리고 아이들을 돌본다. 아이들도 웬만큼 커서 돌볼 것도 없다. 학원에서 열 시나 열한 시에 들어오기 때문에 손이 많이 가지 않았다. 민자는 저녁 시간이 무료했다. 사장은 가게를 내놓고 과일가게를 해보는 게 어떨까 하고 물어보았다가 본전도 못 찾고 말았다. 먹는 장사 지겹지도 않아요? 팔고 남는 게 썩지 않고 그냥 있어만 준다면 하지. 근데

재고가 남을라치면 그건 다 썩어 문드러지니 내 속 같단 말이지. 당신은 기술도 남만 못하고 밤 기술도 남만 못하니 재고가 된 바나나일 뿐이야. 알아. 아내의 당찬 대거리에 할 말이 없어서 고개만 주억거리다가 밖으로 나가서 주방장과 가게 주방에서 술을 마셨다. 술을 마시면 덤을 하나라도 더 얹어주었고 사람들은 그 맛에 빵을 사러 왔다. 그것도 기술이라면 기술이다. 장사는 비즈니스라고 사장은 주방장에게 말했다. 비즈니스를 잘 해야 돼. 물건만 잘 만들면 뭐 하나. 팔아야 이익이 남는 거지. 잘 들어. 자네도 내게 배워야 한단 말이야. 주방장은 입이 댓 발이나 나왔다. 덤을 주는 것이 나쁜 게 아니다. 그만큼 자기가 만들어야 할 빵이 많이 늘어나기 때문이다. 하나부터 열까지 수공으로 만드는 것이니 정성이 이만저만한 게 아니지만 일선에서 물러났다고 사장은 손끝 하나 대지 않았다. 주방장이 가끔 몸이 아프다거나 일이 생겨서 못 나올 때에는 하는 수 없이 빵을 만들었다. 빵을 많이 파는 날에는 주방장에게 잔돈푼을 찔러주었다. 그 맛에 퇴근 시간은 더 늦어지고 사장과 마주 앉아 술을 마시는 날이 많아졌다.

한참이 지나도 주방장은 들어오지 않는다. 민자는 울화가 치밀어서 뒷문을 노려본다. 페이스트리나 케이크 시트를 구워내야 하고 오늘은 쿠키도 만들어야 한다. 시간이 늦어져 약속 시간에 나갈 수 없게 될 것 같아 초조해진다. 삼십 대쯤으로 보이는 여자 손님이 들어선다. 여자는 요즘 매일 와서 빵을 사간다. 여자는 빵을 고르면서 수다스럽게 말한다.

그거 알아요? 이 집 빵은 매일 달라요. 민자는 얼굴에 미소를 짓고 있다가 의아해서 묻는다. 뭐가요? 색도 맛도 형태도 매일 달라요. 재밌어요. 매일 같은 빵 만들기 지겨우니까 조금씩 변화를 주는 거잖아요. 실험정신이랄까 그런 게 보여요. 내일은 어떤 빵이 나올지 기대가 돼요. 여자는 약간 탄 슈크림 빵과 조금 뚱뚱해진 바게트, 찌그러진 머핀을 사 가지고 간다. 민자는 주방장에게 주의를 주어야 할지 말아야 할지 도무지 알 수가 없다. 그것이 불만이라면 여자는 빵을 사지 말아야 하지만 잔뜩 사 가지고 갔다. 민자는 또 쇼케이스 안을 들여다본다. 거울은 수많은 눈들을 갖고 있는 것처럼 보인다. 이리 보고 저리 보아도 계속 자기를 보고 있는 것이다.

민자는 주방으로 들어오는 주방장의 손을 유심히 바라본다. 또 손을 씻지 않은 것 같았다. 씻지도 않은 손으로 밀가루 반죽을 한다. 반죽기는 요란하게 돌아가고 반죽대 위에서 주방장의 손은 날렵하게 움직였다. 마치 팔꿈치 아래 성기를 주무르는 것 같아 보인다. 주방장이 밀가루로 성기를 빚어내고 그 성기를 오븐에 굽는다. 사람들이 성기를 사러 오고 그것을 입안에 넣어 우물우물 삼킨다. 민자는 그런 생각을 한 자신을 나무라듯 고개를 젓다가 정신을 차려서 한마디 한다. 미스터 리, 화장실 다녀오면 손 좀 씻어. 사람들이 뭐라 그러는 줄 알아? 지저분해서 빵 못 사 먹겠대. 주방장은 하얗게 밀가루가 올라탄 머리를 흔들어대며 화를 낸다. 누가 그래요, 누가. 지저분하긴 누가 지저분하다고. 저 매일 목욕해요. 아까 화장실에서 손 씻고 나왔어요. 물기가 다 말라서 그렇지. 주방장이 마구

화를 내자 민자는 괜히 말 시켰다는 생각을 한다. 오늘은 참자. 좋은 날이니까. 누굴 믿고 대드느냐고 화를 내고 싶어도 지금 한창 오르는 매상을 생각하면 조금 참는 수밖에 다른 도리가 없다. 빵을 만들다가 가버리는 날도 있었기 때문이다. 씩씩거리던 주방장이 잠잠해지자 민자는 의자에 쪼그리고 앉아 화장을 고쳤다. 아침에 두들기고 나온 파운데이션은 들뜨고 얼룩져 있다. 분을 토닥거리다 시계를 보니 약속 시간이 다 되어간다. 새의 깃털로 만든 코사지를 블라우스 가슴에 달았다. 그건 겨울 외투에 달려 있던 것이다. 모양이 점점 우스워져가는 것도 모르고 민자는 들뜬 가슴을 진정하느라 노래를 흥얼거린다. 우리 만남은 우연이 아니야. 그것은 우리의 바램이었어.

흥. 어디선가 콧방귀 소리가 작게 들려왔다. 민자의 커다란 젖가슴이 들썩인다. 화가 나서 어쩔 줄을 모르는데 사장이 문을 열고 들어온다. 화가 사장에게 떨어진다. 앞문으로 들어오지 말고 뒷문으로 들어오란 말이야. 왜 그렇게 말을 안 들어. 당신이 손님이야? 생크림에 얹을 과일은 사 가지고 왔어? 그럼 그렇지. 뭐 하나도 제대로 하는 게 없어. 사장은 화장으로 떡이 진 마누라의 얼굴을 바라보다가 한숨을 쉬었다. 저게 내 마누라의 모습인가. 한때 청초하고 고분고분하고 아리따운 아가씨였는데 아수라왕처럼 매사 싸움만 하려 든다. 아무리 그렇기로서니 마누라가 바람을 피우러 나가는 것을 그냥 두고 볼 수는 없는 일이다.

오늘 주방장하고 서울에 볼 일이 있어. 저 오븐을 고칠 수 있는

지도 알아보고 새 기계도 보러 갈 거야. 마누라가 펄펄 날뛸 것을 예상했었는데 차분히 대답한다. 나도 약속이 있어. 내일 가. 사장은 미리 준비해둔 각본이 없었다. 진땀이 흘렀다. 내일 가라면 내일 갈 수 밖에 없지 않은가. 그다음 떨어질 불호령이 무서웠다. 사장은 마누라가 무서웠다. 알았어, 잠깐 나갔다 올게. 하고 밖으로 나오니 주방장이 곧 따라 나온다. 은행나무 그늘에 서서 주방장이 사장을 나무란다.

제가 뭐랬어요. 재료를 사야 된다고 그랬잖아요. 재료상이 가져다 줄 수 없는 거라고 하라고요. 사장은 말이 없이 코를 팩 푼 다음 나도 몰라 하고는 어디론가 가버렸다. 사장이 사라진 곳을 바라보다가 주방장은 자기의 손을 내려다보았다. 나무 밀대가 쥐어져 있다. 자신의 손바닥을 한번 내려친다. 아프다. 밀대로 민자의 얼굴을 밀어버리고 싶다고 생각한다. 페이스트리를 만들 때 삼절 접고 밀고 접고 밀고 접고 밀고 하듯 그 밋밋한 얼굴을 다시 성형해버리고 싶다. 잔소리하던 두터운 입술, 들쳐진 코, 넓은 이마와 데데하게 붙은 눈을 뭉개니 상큼하고 귀여운 얼굴이 반죽 속에서 불쑥 솟아난다. 매일 마주 보고 있으려면 새로운 화면이 필요한 것이다.

민자는 안절부절못하고 주방장의 손끝만 바라보고 있다. 사장이 어디로 갔는지 주방장도 모른다고 하니 오늘 약속은 취소를 해야 할 것 같다. 오늘만큼은 물침대가 있다는 고급 모텔로 가보려고 했었다. 동화책에서만 보던 오색의 돔으로 된 모텔들이 어둠 속에서 반짝이던 것을 잊을 수가 없었다. 주방장은 생크림을 휘핑한다. 거품기 속에서 멍울 같은 하얀 꽃들이 핀다. 짤 주머니에 깍지를 끼워 놓고 케이크 시트를 준비한다. 아이싱을 하고 데커레이션만 하면 케이크는 끝나고 오늘의 일과도 끝이다. 주방장은 마무리에 신경을 썼다. 짤 주머니에 끼운 깍지 끝에서 크림이 비어져 나온다. 살짝 돌리자 끝이 뾰족한 둥근 돔 모양이 된다. 케이크의 둥근 테두리를 한 바퀴 돌면 새로운 집이 만들어진다. 민자는 주방장이 케이크에 데커레이션을 할 때는 잔소리를 하지 않는다. 반죽 덩어리를 내치듯이 함부로 손을 놀리면 얌전하게 올라앉은 갖가지 모양의 크림과 과일이 묵사발이 될지 모른다. 거기에 얹어진 것은 자신의 꿈이기도 하다. 돔 양식과 아라베스크 무늬를 본뜬 화려한 집. 그건 묘하게 얼마 전에 이씨와 함께 갔었던 공동묘지의 무덤들과 겹쳐졌다. 둥그런 무덤이 수천 수만 기나 들어앉은 묘지는 위압감보다는 따뜻한 느낌이 들었다. 거기서 자신을 들여다보던 찌그러진 눈과 코와 입술들이 낯설지 않아서 당혹스러웠다. 그건 과거에 자신이 알았던 사람이거나 연관이 있는 사람이었을 것이었다. 이제는 더 이상 육체에 욕망을 담을 수 없는데도 욕망을 향한 몸짓들은 부산했다. 헛발질처럼 허방을 짚는 것일 것이다.

주방장은 입맛을 다셨다. 사실 민자가 이씨를 만나는 것을 즐긴 것은 오히려 자신이었다. 사장에게서 들은 말들은 전해 듣는 것에 의해서 상상이 더욱 부풀어졌다. 부는 바람에 연기가 날리듯 속절없이 가슴이 흔들렸다. 사장에게는 미안한 마음이지만 민자가 바람을 더 오래 피우길 바랐다. 그러나 한편 사장이 걱정되었다. 어딘가에서 혼자 술을 푸고 있을 것이라고 생각하니 안타까운 심정이 되었다. 언제나 서로 위로를 해주고 아픔을 달래주던 사이였다. 물걸레로 주방 바닥을 박박 민다. 청소를 끝내고 반죽이 묻어 더러워진 앞치마도 빤다. 이젠 사장을 찾으러 갈 것이다.

민자는 쇼케이스 안에 주방장이 만들어놓고 간 케이크를 넣는다. 한쪽 모서리에 날짜를 살짝 써둔다. 너무 오래된 케이크는 속 안에서 곰팡이가 핀다. 푸른곰팡이가 핀 케이크를 팔았다가 혼쭐이 났었다. 어느 정도 기간이 지나면 미련 없이 버려야 한다. 아이들을 줄 때도 있고 버릴 때도 있다. 어쨌든 남아도는 게 빵이다. 주방장이 퇴근한 주방에서 서성거린다. 선반 곳곳에 주방장이 붙여놓은 종이들이 보인다. 호박빵에 들어가는 재료의 양이라든지 시폰 케이크에 들어가는 재료의 양들이 적혀 있다. 주방장은 매일 만드는 빵 말고도 서른 가지가 넘는 빵을 만들어낸다. 재료의 배합을 다 외울 수는 없어 작은 종이에 적어 여기저기 붙여놓은 것이다. 그중에 하나를 떼어낸다. 시폰케이크에 들어가는 재료는 밀가루와 식물성 기름과 달걀 그리고 설탕과 베이킹 파우더 등이다. 다른 종이들도 떼어낸다. 주방장이 출근하면 깜짝 놀라서 길길이 날뛸 것이다. 민자는 몹시 즐거워졌다.

아무리 전화를 해도 남편은 받지 않는다. 민자는 이씨와 한 약속을 지키지 못했다. 오색의 돔으로 된 모텔에 갈 수 없다는 것은 실망스러운 일이었다. 하지만 민자는 장사도 중요했다. 오후를 다 비우면 큰 손실이기 때문이다. 그 손실을 누가 보상해주는 것이 아니라면 더한 일이 있어도 민자는 가게를 비우지 않을 것이다. 빵틀과 빵 굽는 철판을 끼워 넣는 앵글에 언제 들어왔는지 쥐가 한 마리 앉아 있다. 철판에는 빵부스러기나 파지가 된 빵들이 모아져 있다. 살찐 쥐가 두 눈을 똥그랗게 뜨고 민자를 바라보고 있다. 도망갈 생각도 하지 못하고 빵 위를 기어 다닌다. 쥐는 철판 위까지 올라왔지만 내려가는 길을 잃은 것이다. 주방장을 보듯 쥐를 노려보고 있는데 손님이 문을 열고 들어온다. 여자는 늦은 시간에 빵을 먹어도 살이 찌지 않는다는 것을 과시하고 싶은 느긋한 얼굴로 빵을 고른다. 심혈을 기울여 고른 빵 하나를 트레이에 얹고서 사뿐 걸어와 계산대에 내려놓는다. 민자는 당황해서 쥐와 여자를 번갈아 쳐다보았다. 여자는 게슴츠레 뜬 눈으로 민자와 쥐를 번갈아 바라보았다. 어머. 여자는 외마디 비명을 지르고는 마른 몸을 출입구에 끼워 넣듯 재빨리 달아났다. 그 바람에 쥐도 비명을 지르지는 못하지만 몹시 놀란 듯 허겁지겁 달아났다.

정적이 흘렀다. 민자는 지쳤다. 사장은 돌아오지 않고 오늘은 너무 긴 하루였다. 제법 매상이 올랐다. 전보다 빵이 더 맛이 있는 것도 아니었다. 모양도 빛깔도 맛도 예전에 비해 나아진 것도 그다지 없는 것 같았다. 그런데도 매상은 전보다 올랐다. 그건 도무지 알 수 없는 것이다. 가게 문을 걸어 잠그고 집으로 가기 위해 민자는 어두운 거리로 나섰다. 밤이 깊어 어둠은 사위를 짙게 물들였다. 집에 돌아온 민자의 눈에 술에 취해 자고 있는 남편의 모습이 비쳤다.

남편은 어디선가 술을 잔뜩 퍼마신 것 같았다. 옷을 홀딱 벗고 누운 남편의 모습은 가련해 보였다. 옆으로 가서 지친 몸을 뉘었다. 의식을 잃고 누운 남편의 성기는 모처럼 꼿꼿하게 서 있다. 그것은 무덤 위에 핀 꽃처럼 보이기도 했고 끝이 뾰족한 돔처럼 보이기도 했다. 아직 달아나지 않은 자신의 꿈이 거기에 얌전히 놓여 있었다.

나의 봄

나의 봄

아침에 눈을 떠서 떠오르는 태양에 멋진 눈인사를 보낼 수 있는 날이 오기를……. 나는 이불 속에서 어떻게 오늘 하루를 보낼지 두려움과 걱정에 눈만 깜박이고 있다. 눈을 감았다가 얕은 꿈에 잠깐 빠져들 때의 게으른 쾌락을 몸에 익히고 있다. 거실에서 장난감을 가지고 노는 조카의 목소리가 들린다. 밖에 나가서 생활정보신문 몇 개를 집어 든다. 겨드랑이에 끼우고 잽싸게 집으로 돌아온다. 아무도 마주치고 싶지 않은 것이다. 하루 일과는 이렇게 시작된다. 흡사 고시 공부라도 하듯 샅샅이 구인란을 뒤적인다. 볼펜으로 두서너 군데 줄을 그어 표시를 해둔 후 마치 당장이라도 취직이 된 것처럼 미소를 짓는다.

나도 예전에 좋은 직장을 가지고 있었으며 그런대로 봐줄 만한 외모도 가지고 있었다. 세월이 제멋대로 형태를 조작하여서 미의 균형을 파괴하기 전까지. 어쨌든 지금 나는 별 볼일 없는 노처녀 신세인 것이다. 나는 거의 매일 절대 후회하지 않는다를 기도처럼 되뇌고 있다. 그러나 후회하지 않을 도리가 있나, 이 판국에. 그러나 거의 모든 선택들에 최대한의 반론과 변명의 여지를 두어 자칫 잃기 쉬운 자기애를 회복하려 애쓴다. 그래야만 한다. 남은 나를 이해 못 해도 나 자신은 스스로를 이해하여만 할 것이다.

어제까지는 자유로울 수 있었어도 오늘은 일자리를 구하지 않으면 안 되는 상황이다. 그래 당연하다. 당연해. 카드 대출을 받은 것은 순전히 나 자신을 위한 것은 아니었다. 친구의 딱한 사정을 외면할 수 없었다. 거기에 가지고 있던 얼마 안 되는 돈까지 보태어 의기양양하게 그녀에게 건네주었다. 마음이 약한 것이 병이라면 병이었지 선의 자체는 아무 문제가 아니었다. 그러나 친구는 경제 불황의 파고에 실려 어디론가 떠나갔고 급기야는 카드회사로부터 안부 전화가 걸려오기 시작했다. 천장을 계속 바라보다가 누군가가 목을 잡아끌기라도 한 것처럼 일어나 앉았다. 어디든지 빨리 구하자. 순간 과거의 한순간이 머리를 스치고 지나간다.

출근 시간을 30분이나 넘겨버려 맥이 빠지고 말았다. 지각 선수였지만 30분은 너무했다. 그러나 여전히 걸음은 빨라지지 않았다. 천천히, 불안한 마음으로 걷다가 회사가 보이는 모퉁이에 서서 깜짝 놀랐다. 회사 정문 앞에 낯익은 얼굴들이 줄을 지어 양쪽으로 서 있지 않은가? 한쪽 줄에서 갑자기 박수가 터져 나왔다. 나를 환영하려고 저리 하는 건 아닐 텐데. 어리둥절한 가운데서도 그것은 뻔한 이치로 다가왔다. 누가 허구한 날 지각하는 사람에게 줄을 서서 박수를 쳐준단 말인가. 나는 몸둘 바를 모르고 걸어갔다. 보아하니 노조와 회사 측의 줄다리기였다.

회사 측은 일을 하라고 하고 노조 측은 태업을 하자는 것이었다. 나는 시원찮은 노조원이었다. 이름만 올라 있을 뿐 아무도 주목하지 않았고 활동도 거의 없었다. 워낙 거센 노조원들이 많았던 터라 얌전만 빼고 있는 나에게 신경도 쓰지 않았다. 그러나 시원찮은 노조원인 나에게 오늘 그들은 박수를 치면서 환호를 해주었다. 순간적으로 감격하여 약간의 미소를 지었다고 느낀 순간 부장의 시선과 마주치고 말았다. 한심하다는 표정이 역력했다. 아무도 뭐라 하지 않았는데도 머지않아 그 직장을 그만두었다. 나는 한 가지 생각에 골몰해서 다른 여러 가지가 귀찮아졌다.

'어떤 조직이건 은폐성을 가진다. 가장 민주적인 조직을 비민주적으로 유도해가는 요소의 하나인 은폐성에 대한 논의가 필요함. 수뇌와 조직 자체의 목적의 불일치, 그리고 독자적으로 분화된 구성원들은 각자의 역할에 따라 움직일 뿐 조직의 목적이나 향방에 영향력을 행사하지 못한다. 조직은 그 자체가 독특한 힘을 가지게 되고 구성원들이 그 힘을 깨닫지 못하는 사이에 개인들의 사회성을 형성하고 억압한다.'

나는 짧은 단상들이 머리를 스치면 그것을 노트에 적곤 했다. 아무짝에도 쓸모없는 의문들과 설익은 사유 그리고 제멋대로 지껄이듯 내뱉는 단어들의 조합. 그런 거라도 하지 않으면 너무 건조하지 않은가, 삶이.

조직을 거부했던 나는 이제는 어느 조직이건 불러주기만을 바랄 뿐이다. 얼마 안 되는 카드 빚만 갚으면 또 자유로울 수 있다. '계란으로 바위를 깰 사람 모집' '남녀 아르바이트 모집 뜨거운 고추' 그 하단에 '차 내부 세차 대당 만오천 한 달 80만 보장'이라고 쓰여 있다. 속셈을 해본다. 그러니깐 대당 만오천 원이면 그것도 차 내부만 하루에 못해도 두 대는 닦을 것이고 한 달이면 팔구십은 족히 되겠군. 무엇이건 해야 하는 마당에 세차인들 어떠랴. 이것저것 가릴 처지가 아닌 것이다. 어제도 카드사에서 전화가 왔었다.

"내일까지 갚아요." 여직원의 목소리는 다분히 명령조였다. 내일까진 어렵겠다고 하자 "이것 보세요, 이세영 씨. 저희도 더 이상 봐드릴 수가 없어요. 법으로 할 수밖에요. 나 참 한심해서." 그러고는 내가 대꾸할 사이도 없이 전화를 끊어버렸다.

집에서는 아무도 나를 상대해주지 않았다. 악을 이기기 위한 선의 힘은 어느 정도여야 할까? 악을 간파하고 정곡을 찔러 완멸할 때까지 선은 얼마만큼의 힘을 가지고 있어야 하나? 선은 언제나 소극적이고 역사 속에서도 패배와 눈물의 주인공이었다. 그렇다면 앞으로의 역사는 불투명한 상태일 것. 인류의 마지막 보루, 그것은?

나는 생각나는 대로 몇 줄을 적으며 내 돈을 떼먹은 친구와 나를 닦달하는 카드회사와 나를 멸시하는 가족을 악이라고 생각했다.

그러자 기분이 조금 나아졌다. 아무런 잘못도 없는 사람이 이렇게 절박한 순간에 직면하게 되었는데 모두가 한통속이 되어서 몰아세우고 있다. 사람들은 모두가 똑같지 않은가. 풍선처럼 부풀려진 힘에 의지해서 잘난 척하고 게걸음으로 걸어가면서도 진보한다고 착각하는 그들도 결국 모두 한 가지씩의 모순에 빠져서 끝내 풀지 못하는 의문을 지닌 채 원점을 맴돌지 않은가 말이다. 나로 말하자면 나는 아직 살아 있고 무엇이든 할 수 있으며 누구도 나의 저력을 의심할 수 없다. 그러나 그것은 오 년 전에도 십 년 전에도 써먹던 수법이다.

식탁에 앉아 새언니를 올려다본다. 그 표정에 따라 나의 기분도 달라진다. 그녀는 말수가 적다. 그러나 그 침묵이 말 이상의 무게와 암호를 실어 보내는 것을 애써 무시한 채 밥을 먹는다. 설거지통을 내리 두 번 헹구는 저 동작은 무슨 신호일까? 찌개가 끓고 있는 냄비 뚜껑을 왜 까닭 없이 열었다 닫았다 하는 걸까? 이러니 밥이 어디로 넘어가는지 모를 지경이 된다.

슬그머니 내 방으로 기어 들어와 조그만 노트를 펼친다. 나는 시를 썼는데 상상의 언어는 실체화되기도 전에 흔적도 없이 사라져 버리고 남은 것은 절벽같이 단순한 낱말들과 상실감뿐이었다. 그런 자신의 역량을 알았으면 일찌감치 집어치웠어야 하지만 그렇게도 되질 않았다. 몇 편 되지도 않는 글을 다듬고 다듬어서 늘리기도 하고 줄이기도 하여 음률을 살리고 함축을 하였다. 그러자 모자이크처럼 조각조각을 꿰어 맞춘 듯한 느낌에 머릿속이 엉킨 털 뭉치로 꽉 차는 것이다. 게다가 고작 떠오르는 것은 엉뚱한 잡념뿐이다. 인상학이라는 책을 펼쳐놓고 책꽂이 앞에 거울을 세워 책과 거울을 번갈아 보면서 책의 내용이 나 자신에게 얼마나 들어맞는지 자세하게 살펴본다. 운수가 트일 상인지, 고집이 센 상인지 아닌지, 복이 굴러들어 올 것인지, 박복하게 살다가 일생을 마감하게 될 것인지를 보았다. 눈 코 입이 대강 그럴듯하게 책의 내용과 맞고 귀도 특별한 외양은 아니어서 대강 맞는다 해도 전체적으로는 어디에도 맞아떨어지지 않는다. 눈만 보더라도 온갖 분류를 해놓아서 오히려 알 수가 없다. 인상과 운명은 어떤 관계일까. 만약 생겨먹은 대로 살아야 한다면 참으로 억울한 노릇이 아닐 수 없다. 차를 타고 가는데 브레이크는 말을 안 듣고 길은 외길 종착은 낭떠러지라면 그래도 그 길을 가야만 한단 말인가. 갑자기 머릿속에서 별똥별처럼 스치며 하나하나 단어들이 줄을 짓는다.

'진실은 내부에서 칼을 받기를 원한다. 뚝뚝 떨어지는 선혈의 쾌감.'

나는 이것을 노트에 적는다. 아주 멋있다. 멋있는 말이야. 스스로 감탄을 하고 만족해한다. 헌데 이것은 무엇인가. 시도 아니며 소설도 될 수 없으니 무슨 이 따위가 있는가. 이런저런 생각에 머리가 복잡해지자 졸음이 오기 시작한다.

도서관에 간다. 집에서 멀리 떠나오고 싶지만 고작 도서관이다. 태풍이란 제목의 글을 써보자. 나는 태풍을 닮아서 움직임이 전혀 없는 심연이 있다. 그것으로 더 이상 상상력도 움직여주질 않는다.

결국 자료실에 간다. '내가 사유의 고리를 풀어낼 수 있다면.' Y가 말했었다. 수많은 종교도 결국 인간을 행복하게 해주지는 못하였지. 인류를 이끌고 온 것은 굳이 말하자면 인간주의가 아닐까. 그리고 종국에는 실천적 정신과 그 절대성의 확신이라는 과제가 남겠지. 과학의 정점도 신비나 불가사의에 가까이 있어 인지의 접근을 불허한다. 인간은 거기서 사실 무근의 이야기를 조작함으로써 현실을 대체하기도 하지. 유식자들조차도 극히 개인적인 경험을 학문에 끼워 넣음으로써 지식들의 일반적이고도 공정한 보편성을 잃게 한다. 나는 그런 것을 참을 수가 없어. 그렇게 모든 것이 참을 수 없다던 그는 장인의 도움으로 사업을 해서 돈을 모으는 재미를 붙였다.

K는 영웅의 유형을 연구했다. 세상의 모든 영웅들과 혁명을 알아가는 동안 민중의 실체에 의문이 생겼다. '사람들이 영웅을 좋아할까. 혁명을 기다릴까. 어느 시대는 못된 영웅이 활거하였고 어느 시대는 도착된 혁명에 역사가 피로 물들었다. 사람들은 누구도 쉽게 믿지 못하게 되었고 어떤 혁명도 사실 두려워한다. 하지만 그것은 영원히 계속될 인간의 운명인지 모른다. 인간은 멈추게 되어 있지는 않은 동물이기 때문이고 끊임없이 향상과 변화와 이념을 꿈꾸기 때문이다. 사상과 인간은 너무 많이 싸워서 무엇이 무엇을 위해 존재하는지 모를 그런 때도 있었지만 이제 혁명은 인간의 대지에 악이 발붙이지 못하게 하는 숭고한 정신성의 것이어야 한다. 그리고 한 사람의 민중이 곧바로 영웅이 아닐까?' 그의 정치 성향은 사

회민주주의였다. 그것은 요원한 과제여서 그를 좌절케 했다. 이제 모든 혁명은 시도되었으며 자신은 변혁을 시도하겠다고 우겼다.

아마도 사랑일지 모른다고 생각해
그의 방문을 두드릴 때마다 한 번도 거부한 적이 없었어.
그와 내가 사랑을 나누는 동안 모든 사실이 메모리된다.
친절한 도움말
이리로. 이리로.
힘과 사실이 그에게서 흘러나오고 나의 정열은 그에게 흘러 들어 간다.

친구들이 나의 습작시를 보면서 웃었다. 섹슈얼하다. 여기 사람을 놔두고 사물과 하는 사랑이라니 포스트모던의 길을 가겠다는 거지. 그들은 심심하면 소리를 질렀다. 그때마다 한바탕 웃음바다가 되었다. 이리로. 이리로.
『법화경의 해설』이라는 책을 집어 들고 자리로 돌아왔다. 무유생사 약퇴약출? 생사가 있고 없음이 혹은 물러서고 혹은 현현한다? 지금쯤 친구들은 모두 자기의 분야에서 확고한 기반을 다지고 있을 것이다. 나는 또 엉뚱한 생각에 빠진다. 새로운 아이디어만 있으면 부자가 된다. 그러면 한순간에 그들을 앞지르는 것도 시간 문제다. 궁리 끝에 한 가지가 떠오른다. 시계의 알람은 일정한 시간에 소리를 낸다. 거기에 냄새를 덧붙인다면? 고약한 냄새일 수도 있고 향긋한 냄새일 수도 있다. 좀 더 잠이 빨리 깨지지 않을까.

후각을 이용한 알람시계! 나는 뛸 듯이 기뻤다. 바로 이거다. 이제 나는 부자가 될 수 있다. 그러나 시간이 지나면서 또 회의에 빠져들었다. 냄새를 어디다가 저장했다가 우러나오게 할 수 있을까 한동안 그것을 궁리했다. 그러자 자꾸만 화가 났다. 도대체 왜 그런 엉터리 생각들에 집착을 하는가. 나는 아직 유년을 벗어나지 못한 여자인가. 개인의 퇴보 혹은 정지는 일국가의 사회성의 유전으로 인해 영향을 받는 것이 아닐까. 개인들이 정신적으로 혹은 육체적으로 부분적인 후진의 상태에 있다고 가정할 때.

도서관에 나가지 않을 땐 백화점을 가거나 호프집에서 저녁 시간을 노닥거린다. 인류의 모든 에너지가 생산과 유통과 소비에 쏠려 있는 지금에 나와 같이 어느 쪽에도 속하지 못하는 인간이란 도대체 무엇인가? 백화점은 우선 따뜻하고 쉴 공간도 있을 뿐 아니라 사람 구경도 얼마든지 할 수 있다. 커피 자판기가 놓여 있는 곳의 긴 의자에 앉아 벽에 붙어 있는 그림을 보면서 핸드폰을 만지작거린다. 그러나 여기저기 전화를 한들 과거가 되살려지는 것도 아니고 궁핍이 사라지는 것도 아니어서 서글픈 생각에 우울해지고 만다.

사람들이 쇼핑백에 물건을 가득 담고 내 앞을 지나간다. 저들이 돈을 물건을 메이커를 소비하는 동안 상상 속에서 나는 자신을 소비할 수밖에 없다. 시간을 정지시키기 위해 빛의 속도로 달린다. 멀리 여행을 떠난다. 빛의 속도로도 할 수 없지. 그렇지만 조만간 빛보다 빠른 감관을 훈련시켜서 전 우주의 공간상에 내 사소한 의지가 가닿지 않는 곳이 없게 하리라.

CCTV에 뒤통수를 찍히면서 백화점을 나온다. 건설이 위에서, 옆에서, 아래서 거침없이 쉼 없이 이루어진다. 내가 사색하는 데 들인 노력과 시간은 대체 어디로 간 걸까. 아무 쓸모 없는 쓰레기가 되었을까. 그렇다면 나는 껍데기에 불과한가. 신발 바닥에 구멍이 나기 시작한다. 어디서 어떻게 잘못된 것일까. 영감을 얻기 위해 사랑을 지어낼까. 잡다한 의문들이 한꺼번에 쏟아져 나오면서 현실의 괴로움과 뒤범벅이 되어 서러움으로 치밀어 올라왔다. 성실하게 살아온 한 인간이 잔인하게 거리에 내팽개쳐져 가지고 허공을 바라본다. 나는 사치와 허영에 빠져본 적 없고 다른 사람을 의도적으로 괴롭혀본 적 없으며 참으로 검소하게 살아온 것이다. 하긴 지나친 검약은 자본주의의 적이긴 하지만. 나는 술이 주는 야릇한 상승과 패배와 무력을 동시에 체험하였다.

—21세기의 새로운 모습, 문화의 가속

사람들의 직접적인 만남이 거의 없다. 각자 자신의 라이프 공간이 확연히 구분된다. 그 공간 속에서의 단절을 메꾸기 위해 사람들은 새로운 미팅을 시도할 것이다. 그리고 지극히 상투적인 목적의 창출과 행위의 결과에 의해 분산이 이루어질 것이다. 이런 반복 속에서 문화의 고도화가 이루어지되 그것은 도금된 인간—이성에 감성을 약간 덧칠하고 있을 뿐인 — 을 양성할 것이다. 외적 변화와 그에 상응하는 인간의 적응하기 위한 생존 변화가 아닌 감정 속에서 자연히 이루어지는 조화와 평화를 향한 내발적인 일념에 의한 변화. 이러한 변화가 아닌 한 사람들은 서로를 경계하며 끊임없이 전쟁을 준비해야 할 것이다. 그것은 인간을 문화와 대치되는 시점으로 끌어내릴 것이며 자기만의 공간 속에서 불안한 자기의 시계가 초침을 뚝딱거리는 소리를 괴롭게 들어야 할 것이다.

　나는 게시판에 글을 올린 후 손가락으로 키보드를 눌러보다가 다시 볼펜으로 노트에 낙서를 한다. 시는 써지지 않는다. '나는 혼자만의 방으로 들어가기 위해 컴퓨터와 그의 졸개들에게 조그만 룸을 빌린다. 수많은 룸들과 수많은 문들. 들어왔다가 나왔다가. 이 세상은 모두 문과 문 사이. 나는 나올 줄 몰라 쩔쩔맨다. 우라질 암호가 있어야지. 열려라 참깨. 나는 꿈을 꾸었노라. 하나의 말씀과 두 개의 상징. 적어도 세 개 이상의 혼동할 만한 선언을. 그것은 비참한 우롱죄에 해당함.' 말도 되지 않는 잡문을 끄적거려놓고 나는 살금살금 주방으로 나갔다.

　새언니는 조카와 방에서 낮잠을 자고 있다. 어제 먹던 케이크가 반쯤 남겨져 있는 것을 알고 있다. 그중 절반을 잘라서 비닐에 싼 후 다시 내 방으로 돌아와서 가방에 집어넣었다. 오늘은 어떻게든 일자리를 구해야 한다. 밖으로 나오자 마땅히 갈 곳이 없다. 바람은 차갑고 기분은 우울하고 착잡했다. 횡단보도를 건너 걸어 내려가다 보면 조그만 지하 다방이 하나 있다. 나는 그곳으로 일단 목적지를 정해놓고 걷기 시작했다. 곰팡내 나는 지하 다방에서 커피를 마시며 전열을 가다듬어야겠다고 생각했다. 이 지하 다방의 습기 차고 퀴퀴한 곰팡내가 적당히 긴장감을 주는가 하면 내가 잃어버린 그 무엇들을 상기시켜주기도 하고 위무하여주기도 한다.

그를 만났을 때 나는 사랑을 느끼지 않았다. 알 수 없는 그 무엇이 느껴졌고 그것은 아마도 곰팡내 같은 것이라고 생각된다. 그를 만나기 위해 그의 회사나 그가 잘 가는 카페를 기웃거린다. 허나 그는 얼핏 나를 보기라도 할라치면 어느 틈엔가 그 자리에서 사라졌다. 그렇지 않으면 굳은 표정으로 다른 사람들과 가버린다. 아아! 분명한 것은 나도 그를 사랑하지 않는다는 것이다. 신경질적이면서 유머 없는 말솜씨, 왜소한 키, 불안한 몸짓, 그 무엇을 사랑하랴. 그럼에도 불구하고 나는 그가 가는 곳마다 몰래 나타나서는 그를 놀라게 하고 화나게 하고 진저리를 치게 했다. 나는 그것을 설명해주어야 한다고 생각했다. 나의 행동엔 아무런 의도가 없으며 단지 그렇게 하고픈 것뿐이라고. 그러니 제발 어떠한 오해나 미움도 갖지 말아달라고. 그러나 나의 생각은 전달되지 못했고 그럴수록 미움의 골이 깊어져만 갔다. 급기야 그가 내게 말했다. 이세영 씨, 당신도 여잡니까?

나는 다방 벽의 컴컴한 유리를 바라보았다. 나의 여성성을 찾아보기 위해 입을 오므리고 코를 약간 쳐든 후 고개를 살짝 옆으로 돌려보았다. 그리고 저주스러운 집착에 대해 정의를 내렸다. 집착이란 결과에 연연하지 않고 동기나 행동 그 자체에 시간을 응집시켜 자아의 최극점에 도달하려는 의지. 자아의 해체를 경험하려는 의지다.

　전화를 걸고 내가 찾아간 곳은 송도의 어느 중고차 매매상사였다. 이 회사는 중고 자동차를 수출하는 회사였다. 버스 정류장에서 내려 전화국과 어느 모텔 사이에 난 길을 지나자 허허벌판이 나왔다. 그 벌판을 가로질러 300미터쯤 더 가서 소규모 중고 자동차 회사들이 즐비했다. 컨테이너로 된 사무실과 중고차들이 가득 차 있었다. 사장은 사십 대 초반의 마르고 광대뼈가 나와서 신경질적으로 보이는 남자였다. 그는 부드러운 목소리로 말했다.
　"우리 회사는 중고차 전량을 수출하고 있습니다. 주로 중남미 쪽에 수출하고 있는데 파나마에 우리의 판매 전시장이 있어서 수출하는 데 아무런 문제가 없습니다. 차가 없어서 못 팔 지경이죠. 수출하기 전 차 내부를 깨끗하게 청소하기로 했지요. 그래서 아줌마를 쓰게 된 겁니다. 한 대에 만오천 원, 하루에 두세 대씩은 닦게 해 드릴 테니 한 달에 구십 정도 되지 않겠어요. 그 정도는 보장해드리죠. 내일부터 나오세요."
　나는 아주 만족했다. 사무실 밖에서는 차를 수리하는 사오십 대 남자 둘이서 정신없이 도색을 하고 있었다. 페인트의 연무가 바람에 흩날렸다. 들판을 지나올 때는 벌써 한 구절의 시구가 떠올라왔다. 그러나 적기도 전에 돌연 연기처럼 기억에서 사라지고 말았다.

당당히 집에 들어간다. 조카가 방에서 나온다. 귀엽게 깡충거리며 나에게 달려든다.

"고모, 케이크 줘."

무슨 말인지 못 알아듣고 다시 물었다. 뭐라고?

"케이크 줘."

가슴이 뜨끔하다. 아침에 몰래 싸가지고 나간 케이크를 말하는 것이었다. 케이크를 사러 나간다고 하고 옷을 갈아입은 후 밖으로 나왔다. 가방 안에는 카드사에서 날아온 청구서만 가득 들어 있을 뿐이다. 비참한 생각이 들었다. 어쩌자고 조카의 케이크를 먹어버렸던가. 한심하기 이를 데가 없구나. 언제까지 이런 식으로 살 것인가. 하지만 사람은 자신을 변혁하기가 쉽지 않은 법이다. 그랬더라면 요 모양은 되지 않았을 테니.

오랜만에 유린을 찾았다. 그녀는 집에 있었고 무척 반가워하였다. 집 안은 널려진 옷들과 장난감들로 어수선하다. 하얀 목에서 흔들리고 있는 사파이어가 반짝인다. 그것은 그녀가 고지에서 흔드는 전리품이다. 개선장군처럼 의연한 표정. 빈틈없는 안정감. 저런 것이 행복인가. 너도 시집이나 가. 남편이 벌어다 주는 돈으로 먹고 살아봐. 여전히 글을 쓰니? 그냥 조금. 쓰긴 쓰나 보구나. 나는 지치고 배가 고팠다. 점심에 송도의 바람 부는 들판에 앉아서 먹은 케이크는 소화기를 거쳐 항문 끝에 걸쳐 있을 터이다. 그리고 친구의 질문에 자신 있게 대답할 수 없는 자신에 화가 났다. 그녀가 커피를 가져왔다. 빈속에 마시는 커피는 술처럼 어찔하게 했다. 그녀의 딸이 자꾸만 옆에서 장난을 쳤다. 친구가 나무라도 아랑곳없다. 간단한 식사가 차려졌다. 밥을 먹으라는 권유에 나는 먹고 왔다고 했다. 조금이라도 먹어. 그녀가 재차 권했다. 나도 먹고 싶다. 그러나 대답은 정반대로 나왔다.

"아냐, 별로 생각이 없어."

저주스러운 대답이다. 생선 구운 냄새가 진동을 하고 있다. 그녀는 아이의 옷에 떨어진 밥풀을 주워 밥상 위에 털어놓으며 소리 지른다.

"밥 먹을 땐 장난하지 말랬지."

아이가 더욱 장난질로 밥알을 흩트리자 그녀는 우악스럽게 숟가락을 빼앗았다.

"너 오늘 밥 먹지 마."

그녀의 목소리는 전보다 곱절이나 커진 것 같다. 나와 상대적으로. 나는 목소리가 점점 사그라드는 것 같다. 아이는 울거나 화내거나 하지도 않고 능청스럽게 다른 숟가락을 들고 밥을 먹는다. 그러나 이번에는 얌전하다. 으이구, 이게 사람 놀려요. 여우야 여우. 그녀는 더할 수 없이 사랑스러운 눈길로 아이를 바라본다. 창자는 뒤틀리고 눈이 쑥 들어가는 느낌이 들었다. 식사 후 그녀가 과일을 내왔다. 그녀는 자격증을 따서 부동산을 하고 있었다. 나도 그거나 해볼까? 나의 건성의 질문에 그녀는 그거 아무나 하는 거 아냐, 넌 무엇도 끝까지 못하는 성미잖아 하면서 화를 내었다. 이번에는 내가 나설 차례다. 그때 나를 마주 보고 있는 그녀의 등 뒤로 그녀의 장난꾸러기 딸이 내 신발을 만지작거리고 있었다. 우라질, 제발 만지지 마라, 나는 속으로 빌었다. 고갯짓으로 아이에게 내려놓으라고 하였으나 아이는 싱긋 웃기만 할 뿐 계속 신발을 이리저리 살폈다.

"그래, 하기야 나하곤 안 맞지."

나의 자존심이 곤두박질하고 있다. 아이의 얼굴에 미소가 번지는 것이 똑똑히 보였다. 저것을 데리고 나가 한바탕 흠씬 두들겨 패주라면 좋겠는데. 드디어 내 신발 바닥에 구멍이 나 있는 것을 발견하곤 신기해서 구멍에 손을 대보기도 했다. 엄마, 이것 봐. 올 것은 반드시 온다. 될 대로 돼라. 그녀는 나와 아이의 음흉한 게임을 눈치채지 못하고 있다가 고개를 돌렸다. 그리고 나를 보고 웃는다.

"혜정아, 신발 내려놓고 이리 와."

그녀는 아무 말도 하지 않았으나 모든 것을 알고 있다는 표정이다. 네가 추구하는 게 무엇이야? 너는 자유롭겠지만 그것이 궁극적으로 어떤 결과에 이르게 되는 거야? 그것은 내가 나 자신에게 끊임없이 질문해오던 것이었다. 기습을 당한 마당에 이런 원론의 질문은 나를 당황하게 했다. 어떤 의도의 질문인지 알 수가 없다.

"현실에 뿌리 내리지 못한 어떤 행위도 결국 허물어지게 돼. 나에게 현실주의자라고 해도 어쩔 수 없어. 중요한 것은 살아 있고 살아야 한다는 것이 아닐까."

나는 입을 다물고 있다. 허튼 자존심을 내세웠다가는 죽사발이 될 마당이다. 연설을 마저 다 듣기 전에 나는 일어섰다.

"어디라도 취직하는 게 좋지 않겠니. 내가 알아봐줄까?"

그녀가 나의 눈치를 살핀다. 나는 생각보다 크게 웃었다.

"아니. 들어갈 데야 많지. 하지만 시간을 조금 갖는 것뿐이야. 충전을 하는 거지."

얼핏 그녀의 비웃음을 보았다. 가슴이 미어지듯 아팠다. 내가 왜 여기에 왔던가. 너는 나를 다시는 일어서지 못할 환자 취급을 하고 있질 않은가.

걸레 같은 신발은 윗부분은 멀쩡하다. 버스 정류장에서 버스를 기다리다가 정처 없이 걸었다. 나는 지지 않는다. 계속해서 신선한 구상이 생겨나고 있고 새로운 예술의 모델을 개척할 것이다. 형식과 내용의 파격을. 그러나 그것은 앞으로의 희망일 뿐 현실은 죽도 밥도 아닌 얼뜨기 신세인 것이다. 인간이 당연히 자기가 한 행위의 결과를 달갑게 받아야 한다면 그리고 그 결과가 현실이라면 감내해야겠지. 그런데 내가 무엇을 그리 잘못 했더란 말이냐. 나는 슬프고 외로웠다. 나는 과거의 하찮은 잘못들까지 하나하나 끄집어내어 몇 번이고 죄의식을 느끼며 참회하였다. 그것은 요즘에 생긴 버릇이기도 했다. 그래야 앞날이 풀려 나갈 것 같았다. 죄의식에 바탕한 사회를 말했던 존 듀이는 얼마큼 죄를 짓고 참회를 하였을까? 위대한 예술에 저열한 사상적 배경이란 주제의 논문을 써볼까? 버거운 주제다. 이것은 앞으로 몇 년 걸려도 해법을 터득하기 힘들 것이다. 내가 제대로 할 수 있는 게 무언가. 감정은 심하게 기복을 타고 절망과 희열 사이를 오갔다.

이튿날 아침 송도의 들판으로 나갔다. 하루에 다섯 대라도 닦을 준비 태세를 갖추고. 그러나 열 시가 되고 열두 시가 되어도 사장은 나타나지 않고 차를 수리하는 사람들만 도색과 판금에 여념이 없다. 열두 시가 조금 지나자 사장이 와서는 차들이 즐비하게 늘어서 있는 곳으로 가서 말했다. 이거하고 이거 닦으세요. 그는 손가락으로 가리켰다. 번호판이 떼어진 차들은 위치를 잘 파악해두어야 했다. 우선 차 바닥에 깔린 깔창을 빼내어 수돗가로 가져가서 솔로 문지른다. 그리고 준비된 꼬챙이나 세정제로 바닥과 틈바구니를 훑어내고 닦는다. 여러 해 동안 사용할 만큼 사용한 차들은 때가 찌들 대로 찌들어서 닦기도 힘들었다. 각종 퀴퀴한 냄새가 나고 바닥에 붙어 있는 더러운 찌꺼기들은 떨어지지도 않는다. 분무기에 넣어진 세정제를 뿌릴 때마다 호흡기로 들어와 괴롭다. 두 대를 닦는 동안 시간이 정신없이 흘러가서 어둑어둑해지고 말았다. 한 무더기가 된 쓰레기를 치우고 나니 주위가 컴컴해졌다.

사무실 안에서는 팩스가 수신되면서 요란한 소리가 들렸다. 밖으로 나와 고랑을 지나 들판을 가로지르는데 주위가 전혀 분간이 되지 않는다. 앞뒤 어디고 불빛조차도 하나 보이지 않은 고립무원이 되어버렸다. 두렵고 아찔했다. 그러나 용감하게 전진을 계속했다. 지리가 익숙하지 않아 방향 감각이 전혀 없었기 때문에 더욱 헤매었다. 낮은 풀들 사이로 헤치고 나아가다 갑자기 고랑에 발이 빠져버렸다. 전혀 엉뚱한 길로 왔다는 것을 알고 나는 정신을 차렸다. 희미하게 전방이 가늠되어 거의 다 왔다고 생각하는데 이상하게 땅이 질퍽거리고 생선 썩는 악취가 났다. '발밑에 무언가 썩고 있다.' 신발이 움푹움푹 들어가자 소름이 돋았다. 가까스로 쓰레기 더미 위로 올라와 평지에 섰다. 길 앞의 조그만 모텔에서 불빛이 새어 나온다. 생선 썩는 냄새를 없애려고 발을 이리저리 굴린다. 그제야 휘황한 불빛들이 눈에 똑똑히 들어왔다.

직장을 관두고 곶감 빼먹듯이 모아놓은 돈을 써버렸다. 식구들에게 손을 벌리는 것도 염치없어 필요할 때마다 벌어서 쓰고 있는 처지인지라 몇 번의 실수는 내 신용을 여지없이 망가뜨렸다. 모든 것을 만회하고 싶다. 그러나 어떻게? 내가 방에 처박혀 있으면 그들은 과일을 먹을 땐 과일을 갖다 주고 떡을 먹을 땐 떡을 갖다 주었다. 그 이상의 무엇도 아니고 이하의 무엇도 아닌 마치 감방 안의 죄수에게 차입을 넣어주는 것같이 느껴졌다.

나는 기진맥진해서 차 안에 가만히 앉아 생각에 빠졌다. 몇 날 동안의 힘든 노동을 몸이 견뎌내지 못했다. 이렇게 가다간 어떤 꼴이 될지 알 수 없다. 지금 진행 중인「거리에서」의 연작시는 더 이상 진척이 되지 않고 단편인「어떤 부부」는 내용이 묘하게 흘러가고 있다. 진지한 사실적 묘사로 인간의 내면의 본질을 한 차원 깊이 파고들어 가고 싶었으나 그들 부부는 싸움질만 하는 이상한 사람들이 되고 말았다. 창밖을 보았다. 맑은 하늘에 빛이 쏟아지고 있다. 직선으로. 거침없이. 그 흔한 망설임과 두려움도 없이. 그 속성을 본받고 싶다. 마음은 더할 수 없이 가벼웠고 심약한 탓인지 눈물이 나

려 한다. 어쨌든 돈이 필요하다. 노동을 찬미한 사람은? 계급의식
으로가 아닌 한 아마도 톨스토이가 그랬을 것이다. 그러나 그도 끝
내 소유를 거부할 수가 없었다. 가족들 성화 때문에.

　인생은 스스로 단련시키는 과정이며 허영에 차 있는 인간은 정
작 행복과 연결이 되지 않는 부류의 인간들이다. 이러한 과거의 생
각들도 여유가 있을 경우에 해당한다. 나는 물질이 주는 다양한 즐
거움을 맛보았고 그리고 그 이상의 기대도 가지고 있다. 어려운 일
들을 한둘 겪으면서 결코 세상과 타협하지 않으리라던 오기도 어
쩔 수 없이 조금씩 무너져갔다. 지금 내게 남겨진 것은 누구도 알아
주지 않는 너덜한 자존심뿐이다 그러나 그 자존심은 손상되기 쉽
고 열전도율이 빠른 양은처럼 단순하다. 나는 그것을 자존심이라
고 불러야 좋을지 의심을 한다. 실은 내게 그것조차도 바닥이 나 있
는 형편이다. 또 자존심이라는 것은 병적인 자기애의 변형이 되기
쉽다. 그런 것에 유의하려고 하였다. 그러자 색깔 없는 몰개성한 인
간이 되어버린 느낌이다. 어제 고랑에 빠졌던 곳을 내려다보면서
죽음을 생각한다. 겨울의 차가운 바람은 마음까지 얼얼하게 만드
는 것 같다. 실제로 나는 죽음이 체감되지 않는다. 나의 죽음의 모
습은 어떨까. 이 시점에서 죽는다면 얼마나 억울할까. 오징어처럼
오그라드는 육체 또는 푸르뎅뎅하고 딴딴한 고무 덩어리가 연상된
다. 절대 나는 그렇지 않으리라고 장담할 수 있을까. 이런저런 생각
을 하면서 걷다가 그만 발을 헛디뎌서 겹질리고 말았다. 복숭아뼈
위 발등이 부어올랐다. 왜 이리 되는 일이 없는 걸까. 다행히 뼈에

손상은 없는 것 같다. 견딜 수 있는 만큼은 견뎌야 한다. 식구들은 한마디씩 할지도 모른다. 뭣을 한다고 나가면 사건을 만드냐. 일 같지도 않은 일을 하면서. 그들은 이렇게 말하지는 않는다. 그러나 그 시선은 더 이상 너그럽지도 따뜻하지도 않다.

카드사에서는 매일같이 전화가 왔다.

"이봐요, 아줌마. 왜 남의 돈 안 갚는 거예요?"

"안 갚는 게 아니라 지금 갚을 수가 없어요."

"아줌마, 그게 그거 아니에요? 나 참 한심해서."

"나 아줌마 아니에요. 미혼이에요."

"뭐라구요? 그럼 그 나이가 아줌마지 아가씨인가. 얹혀사는 주제에."

"뭐라고? 야!"

그 여자는 전화를 끊어버렸다. 나는 화가 나서 방 안에서 혼자 왔다 갔다 하면서 분을 삭이지 못하고 욕을 늘어놓았다.

나는 감동이 적어지고 점점 신경질이 되어간다.

아 우울한 나의 초상이여

아직 나의 봄은 멀다.

부끄러운 기억들이 조금씩 쌓이고 책장을 덮듯 가볍게

잊히지도 어디론가 사라지지도 않겠지

혼돈 속에서 길을 더듬고 어린아이처럼 익숙해지지 않는다.

술 취한 낮달

퇴장할 줄 모르는 오만이 무대의 배경이 된다.

나는 지류로 흐르지 않는 강한 정신을 갖고 싶었다. 흔들림 없는, 사견에 물들지 않고 맹목도 아니며 아집에 차 있지도 않은 순수한 정신을 가지고 싶었다. 그러나 끊임없는 장애가 외부에서 마음속에서 일어나 혼란스러웠다. 약자가 강자에게 흡수되면 약자는 종래의 강자보다 더욱 큰 힘으로 약자에게 권력을 행사한다. 그것은 일종의 보복이다. 약한 것에 대한 수치를 없애기 위한, 자기 모멸감을 덜기 위한 역작용이 아닐까.

밖으로 나왔다. 차가운 바람에 나뭇잎들은 몸을 떨고 있고 별들도 집으로 돌아간 듯 보이지 않는다. 사람의 모습도 간간이 스치고 지나가버린 아파트 공원 벤치에 혼자 앉아 고독에 잠겼다. 놀이 기구에 모래가 어지럽혀 있고 철봉과 안마 기구는 금속성의 예리한 차가움이 느껴졌다. 나의 외투는 그다지 보온이 되지 못했다. 추위에 덜덜 떨면서 상상한다. 한계가 어디인지 몰라도 거기까지 가보는 거다. 최악을 느껴본 사람만이 최고에 도달해 갈 수도 있을 것이다. 그리고 중요한 것은 무관심한 가족의 시선을 집중시키려는 의도도 있다. 그것은 낯간지러운 행동이다. 평소의 나다운 행동은 결코 아니지만 그야말로 한계에 다다라 있는 것이다.

엊그제 한마디 언질이라도 받아두려는 희망에서 찾아간 친구는 없었다. 40대의 여자가 나와서 다짜고짜 화를 바락 내면서 나를 바깥으로 내쫓았다.

"여기가 어디라고 함부로 들어와요? 도대체 사람들이 언제까지 찾아오려는지 지겨워서 살 수 없네. 그런 사람 나도 몰라요."

나는 더 이상 말을 붙일 사이도 없이 쫓기어 나왔다. 그 여자는 세파에 찌든 사나운 인상을 하고 있었다. 그 여자가 나를 밖으로 밀쳐내기 위해 팔을 뻗는 순간 나도 반사적으로 팔을 그녀의 가슴에 내밀었다. 순간 여자의 풍만한 젖가슴이 뭉클하니 손아귀에 잡혔다. 나는 놀랐다. 무릇 젖가슴이란 저 정도는 되어야 하는 게 아닐까. 그래야 사랑받는 조건이 되는 지도 모를 일이다. 브래지어는 하지 않았다. 부드러운 실크 원피스의 감촉이 가슴까지 울렁거리게 했다. '제길, 더러운 계집이 쓸모없는 것만 커가지고.' 친구는 그곳에 살고 있지 않았다.

나는 견딜 수 없이 추웠지만 꾹 참고 앉아 있었다. 이 정도 가지고 집으로 돌아갈 것인가 적어도 동정을 받으려면 반죽음 상태가 되어서 들어가야 한다. 식구들이 모두 내 주위에 달려들어 안타까운 표정을 지으며 왜 이런 짓을 했느냐고 울부짖는다. 따끈한 국물과 더운 물을 준비할 것이며 약을 사 오고 야단법석을 떨 것이다. 그 정도가 되려면 더 견뎌야 한다. 보이는 것은 속일 수 없으며 따라서 거짓으로 연기를 해봐야 그만 탄로가 나고 말 것이다. 계속해서 발등에 둔통이 느껴졌다.

자꾸만 화가 난다. 화가 나서 견딜 수가 없다. 나의 어리석음과 미련한 감각. 시의 바다에서 송사리 낚시라니. 아무것도 남은 것이 없다. 낡은 사고와 빈 주머니, 배신감과 절망뿐. 과거 수많은 사람들의 생태를 그대로 모방하고 답습하고 있는 나는 도대체 무엇인가. 인간은 진보하는가. 현상과 본질 사이에 무엇이 있으며 사상은 어떻게 생명에 흘러가서 나오는가? 이 와중에도 스프링 작용처럼 뇌의 곁가지를 스치는 의문들이다. 돈은 어떻게 하면 많이 벌 수 있을까. 그놈의 돈. 알 수 없는 일투성이다. 이 세상 이 모든 것들이. 더 이상 참을 수 없다고 생각한 순간에 일어섰다. 굳어진 몸은 잘 움직여지지가 않았다. 바람이 불어와 앞으로 걷는데도 뒤로 가는 것 같다. 공원을 가로지르는 긴 개천은 큰 도로에 맞닥뜨려서는 가랑이를 벌린 창녀처럼 두 줄기로 갈라졌다. 그것이 아른아른하게 보인다. 허름한 외투, 절룩거리는 다리, 새파란 얼굴빛, 이만하면 충분히 감동적이다. 그러나 아파트 현관문을 연 순간 깜짝 놀랐다. 콧구멍에 와닿는 냄새는 필시 통닭 냄새일 것이다. 식구들은 지금 통닭을 먹으면서 TV에 열중하고 있다. 그들은 나를 본체만체하고 화면을 뚫어져라 보면서 웃고 있다. 왜 이렇게 늦게 다니냐? 일찍 좀 다녀. 오빠가 퉁명스럽게 한마디 한다. 나는 아주 추워 보인다거나 불쌍해 보이지 않았던 것 같다. 결국 동정을 사려던 것에 실패하고 말았다. 이불을 깔고 드러누워 길고도 깊은 잠을 청할 수밖에는. 그러나 이불 속에서 얼었던 몸이 나긋나긋해지자 안도의 한숨과 함께 진한 행복감이 밀려오는 것이었다.

아침에 눈을 뜨려고 해도 떠지지 않는다. 퉁퉁 부은 눈을 애써 뜨려고 해도 감기기만 할 뿐 치켜떠지지가 않는다. 발등은 부어서 걷기도 힘들 것 같다. 그러나 계속 누워 있을 수만은 없다. 일을 해야 하고 빨리 돈을 갚아야 한다.

"참 대단하십니다. 그 몸으로 일을 하겠다니."

사장이 말했다. 이 세상 사람들 중 절반 이상은 나와 같은 지경이 되어보았을 것이다. 그렇게라도 생각하는 것이 인생을 살아가는 방편이 될 것이다. 오늘은 트럭 한 대뿐이다. 아무래도 더 이상 이곳에 미련을 둘 이유는 없을 듯하다. 이래가지고는 곤란을 좀처럼 해결할 수는 없다. 점심을 굶었다. 지금 이 최저의 기분을 최고의 상태로 변화시키는 방법을 생각해보자. 외부의 변화 없이 오직 마음만으로 최고의 상태로 변화시킬 수는 없을까. 어려운 일이다. 그러나 가능한 일일 것이다. 음식을 생각해본다. 모락모락 김이 나는 맛있는 음식들을 생각하자 화가 더 난다. 먹을 수 없기 때문이다. 내가 좋아했던 시인을 생각한다. 매독에 걸려 죽었다. 내가 좋아했던 남자를 생각한다. 그는 나를 여자로 보아주질 않았다. 넌 너 자신이 어떤 인간인지를 정확히 알아야 한다. 언제까지나 갈등의 구조 속에서 탈출을 시도하겠지. 그렇지만 미로에 갇혀 있는 자신을 보게 되겠지. 현실이야 어쨌든 마음은 끊임없이 영원을 생각하자. 나 자신에게 그렇게 타이르자 기분이 한결 나아졌다.

사장에게 결재를 요구했다. 모두 몇 대 닦았습니까? 하고 사장이 퉁명스럽게 물었다. 주머니에서 꼬깃꼬깃한 종이를 꺼내 사장에게 주었다. 그는 그것을 내려다보더니 신경질적으로 말했다.

"아니, 이날 언제 세 대 닦았습니까. 두 대 닦으라고 했는데 말이죠."

"닦으라고 해서 닦았는데요. 세 대."

"누가 말입니까. 여기 저 말고 누가 시켰단 말입니까. 열심히 한 것을 봐서 계산은 다 해주겠지만 그렇게 하시면 안 되죠."

"그럼 제가 안 닦은 것을 닦았다고 했단 말예요?"

그러자 그가 날카롭게 소리쳤다. 그는 필요 이상의 큰 목소리를 질러댔다.

"뭐라구요? 계속 그렇게 나오면 계산 안 해주는 수가 있어요."

나는 이쯤해서 크게 분노해야겠다고 생각했다. 그러나 순간 카드회사의 못된 여직원의 목소리가 들려오는 듯했다. 법으로 하겠어요. 나는 어쩔 수 없이 수그러지고 말았다. 비겁한 자신을 보는 바 땅에 머리를 박고 싶은 심정이 되었다. 뒤로 물러날 일이 아니었다는 생각에 이르러서는 가슴이 막혀 터질 것만 같았다. 나의 억울함을 힘으로라도 해결하고 싶다는 생각까지 들었다. 그러나 이 꼴을 누구에게 하소연한단 말인가. 더구나 나는 머리를 아무리 굴려도 든든한 백 같은 것은 가지고 있지 않다. 평범한 소시민으로서 하루하루 무사 평온을 빌면서 살아가고 있지 않느냐 말이다.

집으로 돌아와 보물을 꺼내 열어보았다. 어제까지만 해도 희망과 열락 사이를 오가던 나의 기분이 순간 엉망이 되었다. 이것도 작품이라고 쓴 건가. 이따위 허구. 이따위 발상. 이따위 치졸한 표현. 죽고 싶다. 나는 노트를 찢어서 던져버렸다.

자리에 눕자 열이 오르기 시작한다. 열이 오르고 온몸이 욱신거린다. 이불을 몇 개나 덮어도 여전히 오한이 가시지 않는다. 식구들

중 누구라도 들여다보아주길 기대했지만 아무도 문 앞에도 얼씬거리지 않는다. 어둠이 밀려와 주위가 깜깜해지자 내 가쁜 숨소리만이 크게 진동하며 고통이 감정에서 육체로 전이되었다가 또다시 북받치는 감정 속으로 이입되는 듯이 느껴졌다. 이것을 몰락의 심화라고 하는가. 잠시 창문을 열어둔 채 밖을 내다보았다. 어떤 의미에선 부분과 전체란 모호하기 이를 데 없는 말이다. 어디가 아픈지 통증이 어디서 유발되었는지 알 수 없고 바람에 붕 떠서 흘러가버릴 것만 같다.

K가 말했다.

"우주는 열려 있어. 그리고 호흡을 하지. 어떨 땐 눈 감고 있으면 우주의 한 점으로부터 확산되어가는 내가 느껴져. 한량없이 무한정으로. 그리고 그것은 깊고 깊은 명랑성과 연결되는 것 같아. 음악과도 같이. 명랑성이야말로 인간에게 주어진 최고선의 다른 이름이라 할 수 있지 않을까."

우주가 열려 있다면 내가 흘러가서 돌아오는 것도 나 자신일 것이다. 겨울이 깊다. 겨울은 반드시 봄으로 된다고 했다. 소생의 봄. 죽음의 끝자락으로부터 생은 또 시작된다. 나의 봄은 내가 만들어야 할까. 무유생사 약퇴약출.

소설의 본령, 치열한 작가정신

이원규

　오래된 제자 작가의 창작집을 읽는 것은 보람 있고 행복한 일이다. 단편소설 여러 편을 한꺼번에 읽으면 추구하는 형식과 주제가 어떻게 바뀌었는가 살필 수 있고, 얼마나 역량이 커졌는지, 작가정신이 얼마나 치열한지 느낄 수 있기 때문이다. 대개는 든든한 마음을 안게 된다. 습작 시절이나 신인 작가 시절의 치열성은 조금 약해졌어도 작품 창작에 관록이 붙어 한 사람의 작가로서 문단에 존재감을 알리고 있어서이다.

　안숙경은 같으면서도 조금 다르다. 첫 창작집이라서인지 등단 10년이 지난 작가다운 관록보다는 신인의 패기 같은 것이 들어 있다. 그는 작품 하나에 목숨 걸듯 소설을 쓰는 작가이다. 20년 전 내 교실에서 소설을 배울 때도 얼굴과 몸이 수척해지도록 모든 것을 던지듯이 작품을 썼다. 그런 집필 정신이 이번 창작집에 여지없이 드러나고 있다. 2012년, 하늘의 별 따기보다 어려운, 이 나라 작가 등용문 중 최고인 『조선일보』 신춘문예 당선의 영광을 안은 작가인데도 느슨해지기는커녕 더 치열해 보인다.

그리고 그는 예나제나 과작(寡作)하는 작가이다. 나는 그가 어디서 뭘 하고 사는지 소식조차 없던 터라 보내온 작품을 반갑게 받아 정독했다. 첫 두 편을 읽고 작품이 정신이 번쩍 나도록 좋아서 전화를 걸어 개탄하며 따졌다. 등단 이후 12년 동안 발표한 작품이 여기 실리는 여덟 편이 전부이기 때문이었다. 빛나는 등단 과정을 거쳤고 작품이 이렇게 좋은데 열두 해 동안 겨우 여덟 편이냐고 했다. "저는 마음에 안 들면 작품 못 내놓는 거 아시잖아요?" 그게 대답이었다.

이 책에 실리는 단편소설들은 모두 몸을 불태우듯이 쓴 소설들, 아마 한 줄 더 쓰면 죽을 것 같은 마지막 체력과 정신력을 쏟아 만든 듯한 작품들이다. 치열한 작가정신이 전편에 퍼렇게 눈을 뜨고 살아 있다. 등단작인 「삼각조르기」보다 느슨한 작품은 없다.

「삼각조르기」는 『조선일보』 신춘문예 당선작이다. 심사위원들로부터 레슬링의 '격투기 기술을 처세의 방법으로 치환한 참신한 발상 때문에 미완의 가능성을 보아 당선작으로 뽑는다'는 평가를 들었던 작품이다. 다시 읽어보니 반짝반짝 빛나는 착상이 신선하고 끝까지 읽어가도록 소매를 잡아당긴다.

「그녀의 나비」는 남성 화자 1인칭이다. 공무원으로 일하다가 실직한 '나'는 그녀가 떠난 뒤 현미경을 들여다보는 일로 소일하는 소심한 남자이다. 그녀는 자유분방한 여성, 나비처럼 다른 남자를 찾아 떠나고, '나'는 심부름센터를 통해 그녀를 찾으려 애쓴다. 우리 시대 젊은 남성의 절대고독이 주제 의식으로 살아 있다. 그리고 재미있다. 김윤식 교수가 안숙경의 등단작 「삼각조르기」에 이어진 수준급 작품'이라고 『현대문학』 2012년 5월호에서 칭찬한 소설이다.

「바다로 간 여자」는 유부남과의 사랑에서 버림받듯이 벗어난 미혼 여성의 쓸쓸한 삶을 그렸다. 행문 밑으로 비애감이 강물처럼 흘러간다. '여자는'으로 쓴 3인칭 화자 소설이지만 '나는'으로 바꿔도 되는, 1인칭 소설이나 다름없다. 「애니천국」의 여성 화자인 '나'는 대도시의 골목에서 서적과 DVD 대여점 애니천국을 경영하는 L과 동거하며 영화 시나리오를 쓴다. '외출 나간 고양이처럼 사뿐한 걸음으로', '애니천국에서는 푸른 모래바람이 분다. 그 바람은 안에서 불어 밖으로 나간다.' 등 감각적인 문체가 돋보인다.

「나의 봄」의 주인공 '나'는 영악한 인간들이 경쟁하는 직장에서 도태되어 실직한 뒤 인천 송도 벌판에 가득히 놓인 수출용 중고 자동차를 세차하는 고단한 노동과 카드 빚에 내몰리는 여성의 고독과 비애를 담은 작품이다. 「달의 꼬리를 밟다」는 회사에 적응 못 하고 밀려난 여성 화자 '나'가 옛 애인 민수와의 추억을 떠올리며 그와 풀숲에서 섹스를 한 월미도를 돌아보며 회상하는 소설이다. '나'가 뒷바라지하여 취업에 성공한 민수는 '나'를 버렸다. 목을 매어 자살하고 싶으나 하지 못하는 50대 남자에게 '나'의 심리가 투영되기도 한다. 언뜻 구성이 무질서해 보이지만 읽어가면 구조가 선명히 독자의 머릿속으로 들어오는, 안숙경식의 구성미학이 돋보인다. 이상 두 편은 인천을 배경으로 한 우수한 단편소설의 하나로 꼽을 만한 작품이다.

「민자네 베이커리」는 정통 3인칭 소설이다. '나'를 화자로 내세워서 나의 내면 심리를 드러내고 나의 언행을 따라가며 묘사 서술하는 단순성을 여기서는 넘어섰다. 민자 70%, 베이커리 사장이자 그녀의 남편 15%, 주방장 15% 정도로 스토리 비중이 조절된 작품이다. 딴 남자와 바람피우는 아내 민자를 주방장에게 감시하게 하는 매우 통속적인 멜로드라마 같은 스토리텔링인데 신선하게 읽힌다. 감성 깊은 문체의 힘, 스토리의 흐름을 거뜬히 장악하는 능력이 있어서 가능해진 것이다. 「철갑상어의 노래」의 '나'는 피시방에서 일하며 게임을 한다. 컴퓨터 배경화면 속의 철갑상어는 등장하고 나갈 때 소리를 낸다. 그게 철갑상어의 노래이다. '나' 외에도 그가 좋아하는 여성 '유지', 고교생 '종환', 지하 카페의 '여자' 등 인물들이 등장하는데 작가 안숙경은 우리 시대 인간 군상의 한 단면을 입체적으로 교직시켰다. 가장 쓰기 힘든 주제와 화소, 인물들의 참조 과정을 거뜬히 조절하는 데 성공하였다. 내가 이 창작집 8편의 소설 중 이것을 표제작으로 삼기를 권한 이유는 그 때문이다.

안숙경의 소설 쓰기 방식은 분명하다. 작가들은 소설을 구상할 때 세 가지 길 중 하나를 잡는다. 첫째, 건축가처럼 구성 설계도를 만들고 주제문을 써서 모니터에 붙여놓고 집필하기. 둘째, 설계도는 없이 주제문만 정해놓고 시작하기, 셋째는 구성 설계도도 없이 주제도 정하지 않고 무작정 쓰기이다. 루이 아라공이 말한 대로 '내 안의 내가 무엇을 쓰고 싶어 하는지 이 소설 끝나기 전에 내가 어떻게 알아?' 하는 식이다. 현대소설은 세 번째 구성미학을 따르는 것으로 흘러가고 있고, 초심자가 습작을 쓸 때는 첫째와 둘째의 길을 거쳐 가는 것이 좋다.

안숙경은 소설의 초심자로서 내 교실에서 공부할 때 세 번째 방법으로 쓰기를 고집했다. 소설 습작을 한 편이라도 써본 사람이라면 그것이 얼마나 지난한 작업인지 알 것이다. 스토리 라인의 흐름은 제멋대로 자의적(恣意的)으로 흘러가려 하고 그것을 휘어잡아 주제를 향해 집중하게 하여 통합된 질서를 만들어가는 능력이 있어야 가능한 일이다. 마치 유한한 인간 존재의 영역을 벗어난 일처럼 보이기도 한다. 안숙경은 이번 창작집에서 그것을 썩 잘하는 능력을 보여주는데, 이것은 수십 번 고쳐 쓰는 과정을 겪었으리라 짐작하게 한다. 혹은 그런 작업에 이력이 붙어서 익숙해진 것 같기도 하다. 그래서 이 창작집의 구성미학은 전혀 구태스럽지 않다.

문체도 60세를 바라보는 나이답지 않게 신선하다. 작품마다 참신한 감각의 문체들이 돋보인다. 몇 편의 작품에 넣은 짧은 시는 그 효과를 더 선명히 보이게 만든다. 문학은 시 소설 수필 희곡 모두 문장놀음이다. 그림을 잘 그려야 훌륭한 회화작품이 나오듯이 문장이 좋아야 문학은 빛난다. 안숙경은 도저히 어울릴 것 같지 않은 언어들로 신선한 비유를 만들고 독자를 사로잡는다. 문득 그가 먹고사는 문제나 일상의 범사(凡事)에서 초월하여 예술적 사유만을 안고 사는 게 아닌가 느껴지기도 한다.

안숙경의 소설 속 인물들은 상실의 인간상(人間像)을 상징한다. 주인공들은 영악하지 못하고 순수성만 가졌다. 직장에서 적응하지 못하고 밀려난 청춘 세대, 직장 동료들에게서 잊혀가는 족속들이다. 안숙경은 21세기 초반 대도시에 사는 푸르른 청춘들이 안고 있는 고뇌, 빠르게 변하는 환경에 적응하지 못하고 도태되는 숙명적 비애를 판화처럼 찍어내 보여준다. 사회에서 성공하는 인물들의 행진에서 밀려나고, 시와 소설을 읽고 쓰기를 좋아하는 인물들을 그렸다. 생의 가치가 그런 것이라고 여기는 비슷한 세계관을 가진 인물들의 비애가 공통적으로 실려 있다. 마치 우리 시대의 단면을 비추는 거울처럼 느껴지는 것이다.

여러 작품이 안 작가가 태어나고 살아온 인천을 공간 배경으로 잡고 있다. 21세기 인천이라는 도시의 그늘 속 인간의 삶을 생동감 있게, 그리고 슬프게 그렸다. 문득 인천을 배경으로 소설을 쓴 많은 선배와 동료 작가들과 다른 방향의 작품을 씀으로써 인천 소설의 지평을 넓힌 것은 소중한 성과라고 할 수 있다.

웹 소설의 등장, AI가 만들어낸 진짜 소설 같은 소설이 떠오르면서 종래의 소설은 빠른 속도로 설 자리를 잃어가고 있다. 안숙경은 1년에 단편소설 한 편 정도를 써온 과작의 작가이다. 이 창작집에 실린 소설들은 그가 한순간도 시와 소설을 멀리하고 살아오지 않았음을 알게 한다. 구성과 문체에서 보이는 형식미학은 물론 주제의식을 담아내는 엄숙한 태도도 엿보인다. 치열한 작가정신이 허물어져가고 있는 소설의 본령을 지키고 있는 숙명적인 파수꾼처럼 보인다. 생애 끝까지 이번 창작집 작품들처럼 좋은 소설을 써가기를 기대한다.

李元揆 | 소설가 · 전 동국대학교 교수

푸른사상 소설선